괜찮아,
청춘이잖아

괜찮아, 청춘이잖아

김예솔 지음

별글
괜찮아 별나는?

프롤로그

"한국 사람들은 넓은 콘크리트 안에 박혀 있는, 숨 쉬는 기계
같아."
한국에 산 지 반년 된 외국인 친구가 어느 날 한 말이었다. 그것도
남아프리카공화국 출신의! 그러더니 한마디 덧붙였다.
"조이, 넌 네가 원하는 삶을 살고 있니?"
그날 내가 한 번도 내 인생의 주인이었던 적이 없었다는 것을
깨달았다. 학창 시절 내 주인은 입시였고, 대학 시절 내 주인은
스펙이었으며, 직장에서는 상사가 내 주인이 되었다. 나는 오랜
세월 별 고민 없이 나의 주인들이 선택한 인생 속에서 주인들의
욕구를 채우기 위해 치열하게 움직였다. 그리고 이제 결혼 – 집
– 자녀 등 앞으로의 새로운 주인들이 줄줄이 기다리고 있는
것 같았다. 직장 생활 2년차, 나는 이미 정해진 듯한 미래를

동태눈으로 바라보고 있었다. 겨우 26살에 말이다. 어릴 때는
분명히 꿈도 많고 도전적인 아이였는데, 언제부터 달라진 걸까?
결혼 자금으로 매달 월급의 80퍼센트를 모은 적금, 조금만
견디면 얻는 '대리' 직함, 28살 전에 결혼 안 하면 국물도 없다는
부모님의 압박이 더는 중요하게 느껴지지 않았다. 더 늦기 전에
가장 가치가 있다고 생각되는 것에 내 청춘을 투자하고 싶었다.
앞으로도 계속 이렇게 살다 죽으면 나중에 뼈저리게 후회할 것
같았다.

이 마음이 금세라도 도망쳐 버릴까 봐, 나는 퇴사를 통보하고
바로 방콕으로 가는 항공권을 끊었다. 그날 나의 행동이 427일
동안 5대륙 38개국을 여행하는 길로 이어질지는 꿈에도 몰랐다.
결코 놓지 못할 거라고 여겼던 것들을 모두 놓고, 유서를 남겼다.
지금은 우습지만 그때는 여행길에서 죽을지도 모른다는
두려움이 정말 컸다

출발 전, 여행을 하면서 취업에 도움되는 특별한 이벤트를 하거나
엄청나게 도전적인 일을 해 보라는 조언을 많이 들었다. 하지만
평생을 무언가 남기고, 계획하며, 생산적인 것을 해야 된다는
부담을 가지고 살아왔는데, 여행까지 그렇게 하고 싶지 않았다.
나는 이번 여행의 주인이자 주인공으로 오로지 여행에 집중하고
싶었다. 무엇보다 세계인들의 삶과 문화가 궁금했고, 현지인들의
생활에 스며들고 싶었다. 사람들은 왜 다른지 궁금했고, 세계
곳곳에 있는 내 친구들을 만나고 싶었다. 그리고 내가 여행하며

배우게 될 사소한 지혜와 경험에 집중하고 싶었다.

그렇게 '순간'에 집중하자 신기한 일이 벌어졌다. 낯선 사람을
호기심 가득한 얼굴로 대하니, 호의를 베풀어 주는 따스한
인연이 되었다. 열정이 향하는 대로 행동하다 보니, 앞으로의
길이 점점 명확해졌다. 그리고 자연스레 내가 무엇을 할 때,
누구와 함께 있을 때 행복을 느끼는지 알게 되면서, 낯설게
느껴졌던 곳곳에 나만의 빛나는 세상이 만들어졌다. 마음을
비우니, 오히려 내가 채워지고 나의 여행이 채워졌다. 돌이켜
보면 어떻게 바뀔지도 모르는 미래를 안전하다고, 남들처럼 사는
게 가장 행복하다고 스스로 합리화하면서 살아왔다. 하지만
자신의 삶을 살 때만큼 행복할 수는 없다.

여행이 사업 아이템을 얻거나, 자기 소개서에 쓸 기가 막힌
소재가 되거나, 인생을 반전시켜 줄 인연을 만날 엄청난 기회가
될 수도 있다. 하지만 온전히 여행에 집중하여 다시없을 추억을
만들고 삶을 든든하게 지탱해 줄 지혜와 삶의 자세를 얻어
온다면, 그것이야말로 좋은 여행이지 않을까?

차례

chapter 1

인생 경험이 진짜 공부다

인생에서
가장 중요한 것

미국 미시간 주 호튼, 미시간공과대학교

인생에서 가장 중요한 것

"너 진짜 얼굴 두껍다."

남들 눈치 안 보고 혼자 국밥, 고기, 심지어 뷔페에서도 잘 먹는 나를 보고 친구들이 하는 말이다. 사실 예전에는 그렇지 않았다. 중·고등학교 때까지만 해도 항상 친구들과 어울려 먹고 심지어 화장실까지도 같이 갔다.

대학교 2학년 때, 나 홀로 경영학과 복수 전공을 신청하고 나서도 가장 걱정했던 것은 바로 '밥'이었다.

'점심시간에 어떻게 하지?'

혼자 밥 먹으면 궁상맞고 친구 없는 사람처럼 보일까 봐 걱정됐다. 그래서 최대한 동기들과 수업을 맞추려고 노력했고, 그러지 못한 날은 굶거나 아니면 도시락을 싸 와 도서관에서 조용히 먹곤 했다. 배가 너무 고파도 혼자라고 괜히 주변 사람들이 쳐다보는 것 같아서 눈치를 보느라 밥조차 제대로 먹지 못했다.

생각해 보면 밥뿐만이 아니었다. 사소한 것에서부터 큰일까지 내 삶 곳곳의 많은 부분이 그랬다.

'남들이 이상하게 보면 어떡하지?'

'다른 사람들이 안 좋게 생각하면 어떡하지?'

하고 싶은 것들이 있더라도 다른 사람들의 반응을 예상해 보고 남들 눈치 보며 눌러 왔던 것들이 한두 가지가 아니었다. 심지어 꿈까지 포기한 적도 있다.

≈

고등학교 시절, 나의 꿈은 힙합 가수가 되는 것이었다. 윤미래의
<Memories>라는 곡을 처음 듣던 날, 심장이 요동치고 몸의
세포가 살아나는 기분이었다. 힙합은 내가 앞으로 걸어가야 갈
길이라는 확신이 들었다.

이후 학교 수업이 끝나면 집에 돌아가 힙합 노래를 무한
반복해서 들으며 빼곡한 가사를 단숨에 외워 버렸다. 노트는
라임에 맞춰 쓴 가사로 채워졌고, MP3 플레이어에는 순간
떠오른 악상으로 가득 찼다.

갑자기 힙합에 빠져 버린 나에게 친구들은 노래를 들려 달라고
했다. 그래서 큰 맘 먹고 친구들과 함께 노래방에 가서 '너희가
힙합을 아느냐'란 마음으로 열심히 불렀다. 한껏 실력을 발휘한
내게 친구들은 실망스러운 말을 했다.

"너, 랩 할 때 앵앵거려. 애기 목소리 같아."

"정말?"

"응, 힙합 가수 하겠다는 거 장난이지?"

애써 웃었지만 머릿속은 멍했다.

그 이후로도 힙합에 대한 열정은 사라지지 않았지만, 나의
걱정은 커져만 갔다.

'남들이 이상하다고 생각하면 어떡하지?'

'다른 사람들이 웃으면 어떡하지?'

그렇게 남들 눈치만 보다, 결국 난 힙합에 재능이 없다고
생각하며 꿈을 포기했다.

≈

교환 학생으로 미국에 간 첫날, 나는 카페테리아에서 혼자
당당하게 밥을 먹고 있는 많은 학생을 보며 충격을 받았다.
불가피하게 혼자 밥을 먹어야 하는 상황일 때 중앙이 아닌
구석에 앉아 숨죽여 밥을 먹던 나와는 너무 달랐다. 휴대폰으로
통화하거나 게임을 하면서 아니면 오가는 사람들을 구경하며
아무렇지도 않게 밥을 먹고 있는 학생들을 보며, 그들을
신기하게 보는 내가 오히려 이상하다 느꼈다.
미국에서 연기 수업을 들은 적이 있다. 그 수업에는 '메리'라는
배우 지망생이 있었다. 메리는 할리우드 여배우나 연극영화과
여대생을 상상하였을 때 떠오르는 '금발 생머리, 야리야리한
몸매, 감각적인 스타일'의 이미지와는 전혀 다른 모습이었다.
꼬불거리는 머리는 흐트러져 있고 후덕한 몸매에 학교 로고가
박힌 운동복을 입고 있었다. 놀랍게도 그녀는 학교 연극 무대에
주인공으로 몇 번이나 올랐고 텔레비전에도 나온 적이 있다고
했다.
이후에 그녀와 대화를 나누며 남들 눈치를 보느라 꿈을
포기했던 이야기를 하게 되었다. 내 이야기를 귀 기울여 듣던

그녀가 머리를 띵 울리는 한마디를 던졌다.

"네 삶이고, 네가 하고 싶은 건데 못할 이유가 없잖아? 남들에게 피해를 주는 것도 아니고."

늘 무의식적으로 '남들에게 보이는 나'의 모습을 신경 쓰던 내게 그 말은 충격적이었다. 그녀는 남 눈치 보느라 자신이 원하는 것을 결코 놓치지 않았다. 자신이 원하는 것을 남들에게 이해받으려고 굳이 애쓰지 않았다. 자신의 인생이라는 무대에서 주인공으로 사는 그녀가 멋있었다.

그녀뿐만 아니라 미국에서 만난 대부분의 친구들이 같은 생각을 갖고 있었다. 남들이 생각하는 자신의 모습에 크게 신경 쓰지 않았다. 남들이 가는 길이 아니라 자신이 '잘하는 것'이나 '하고 싶은 것'에 집중했다. 자신이 원하는 것이 삶의 중심이었다. 그래서 전공 또한 자신의 흥미에 맞춰 골랐다. 그렇다 보니 수업 시간에 느껴지는 열의가 한국에서와는 비교할 수 없을 정도로 높았다.

그들을 보며 내게 끊임없이 질문했다.

'내가 잘하고 좋아할 수 있는 일은 무엇일까?'

생각하고 고민하면서 새로운 환경과 사람에 나를 노출시켰다. 그리고 다짐했다.

'법에 어긋나거나 남에게 피해를 주거나 상처를 주는 것이 아니라면, 하고 싶은 것은 무조건 하자!'

하고 싶은 걸 다 하면서 산다는 것이 쉽지 않다는 것을 안다.

불가능한 일일 수도 있다. 하지만 하고 싶은 것을 참고 사는 것
또한 얼마나 어려운지 알기에 내 마음의 울림에 귀를 기울이며
살기로 결심했다.

그다음부터 새로운 길에 들어서기 전, 다른 사람들의 시선이
걱정될 때마다 나는 스스로에게 질문한다.

'인생에서 가장 중요한 것은 나 자신 아니야? 그렇다면 왜
망설이는 거지? 하자, 하자!'

'걱정하지 말자. 진정으로 나를 아끼는 사람들은 날 판단하지
않아. 무엇을 하든 나를 믿어 주고 지지해 줄 거야.'

3일 만에
떠난 인도

인도 델리, 자이살메르

"특히 한국 여권은 비싸게 팔려. 조심해!"

한국 여권의 파워 랭킹이 세계 7위라고 한다. 전 세계 170개국을 사전 비자 없이 입국할 수 있기 때문이다. 웬만한 국가는 비자 없이 방문할 수 있는 것이다. 실제로 여행을 하다 보면 우리나라에 감사하는 마음이 들 때가 많다. 특히 다른 나라 사람들이 비자를 받기 위해 길게 줄 서 있는데, 나는 당당하게 입국할 때가 그렇다.

그런데 여행 전에 한국에서 비자를 미리 받은 나라가 있다. 바로 인도다.

"그 아름다운 나라를 한 달 동안만 여행한다는 것이 말이 되나요?"

인도 부영사관과의 인터뷰에서 나는 열변을 토했다. 끝끝내 10만 원이라는 거금을 내고 1년짜리 비자를 손에 쥘 수 있었다. 비자를 받고 나오면서 환호성을 질렀다. 통상 도착 비자로 한 달짜리 비자를 받을 수 있었지만, 한 달이라는 기간은 내게 턱없이 짧게만 느껴졌다.

그리고 처음 인도에 갔던 그때를 떠올렸다. 그렇게도 중요한 시기라고 말하는 대학교 4학년 시절, 나는 인도를 여행해야겠다고 결정한 지 3일 만에 인도로 향했었다.

≋

"여름 방학에 3주 동안 인도에 가서 있겠다고?"

사람들은 나를 대학교 4학년인데도 불구하고 취업에는 관심 없는 정신 못 차리는 인간으로 생각하는 것 같았다. 게다가 다른 곳도 아니고 '여행의 끝판왕'이라는 인도를 선택한 것에 대해서도 지독하다는 눈빛을 보냈다.

"저 인도에 갈래요. 가야겠어요. 지금 아니면 언제 이렇게 갈 수 있겠어요."

"4학년 여름 방학이 얼마나 중요한 시기인데, 취업 준비해야지."

사실 걱정이 안 되는 건 아니었다. 남들은 방학을 적극적으로 활용하여 스펙을 쌓기 위해 인턴으로 일하거나 봉사 활동을 하는데 여행이라니. 동시에 내 인생 마지막 여름 방학이라는 생각이 들자 떠나야겠다는 결심이 섰다.

그리고 난 지칠 대로 지쳐 있었다. 보통 4학년 학교 생활은 비교적 여유롭다. 그러나 일주일에 한두 번만 학교에 가는 동기들과 달리 나의 4학년은 치열했다. 4학년 1학기를 전공으로만 21학점을 가득 채우고도 21학점이 남아 있었다. 3학년 때 교환 학생으로 미국을 갔었는데, 그때 1년 동안 최대로 인정되는 학점이 24학점밖에 안 되었다. 교환 학생이나 복수 전공을 해서 한 학기라도 연장하는 것이 보통이었지만, 부모님이 휴학과 졸업 유예는 결코 하지 말라고 하셨기에 그럴 수도 없었다.

여행을 그다지 좋아하지도 선망하지도 않았지만, 왠지 인도에 가면 인생의 의미를 깨달을 것만 같았다. 내게 인도는 '명상과 요가의 나라'였고, 그곳에 가면 여유를 찾을 수 있을 듯했다. 그리고 이제 해외여행을 길게 갈 기회가 없을 거라는, 말도 안 되는 확신까지 들었다. 어떤 문제를 만나면 심각하게 고민하지만, 일단 마음먹으면 주저하지 않고 행동하는 나였다.

하루 뒤 겁도 없이 비행기 표를 끊었다. 그리고 다음 날 비자를 끊고, 그다음 날에는 짐을 싸서 떠났다. 마음을 먹은 지 3일 만에 인도로 떠난 것이다. 인도에 가면 인생을 통달할 것 같다는 막연한 상상이 나를 그렇게 그곳으로 이끌었다.

델리^{Delhi}의 '여행자 거리'라는 빠하르간지에 도착하자마자, 나는 좌절했다. 델리는 델리가 아니라 헬^{Hell, 지옥}리라는 이름이 어울릴 것 같았다.

'이게 무슨 명상과 요가의 나라야!'

잠시라도 안정을 찾을 수 없는 환경이었다. 바글바글 모여 있는 사람들 사이로 호객하는 소리가 시끄러웠다. 소, 돼지, 차, 릭샤, 자전거 릭샤가 한데 엉겨, 그야말로 혼돈과 무질서의 정점을 보여 주었다. 게다가 사람보다 소와 개가 더 많아 거리는

괜찮아, 청춘이잖아

배설물과 쓰레기로 지져분했다.

이 상황을 세 마디로 표현하자면, '시끄럽고 냄새 나고 정신없었다'. 엎친 데 덮친 격으로 옆에 지나가던 소가 나를 쳤다. 다행히 다치지는 않았지만, 그 순간 이런 말을 들었다.

"인도에서는 사람이 소를 죽이면 유죄이지만, 소가 사람을 죽이면 무죄야."

인도인들이 소를 신성시하는 것은 알고 있었지만, 이 정도일 줄은 몰랐다.

일단 복잡한 델리를 떠나 한적한 곳에 가야겠다는 생각을 했다. 그래서 사막 지역인 자이살메르^{Jaisalmer}로 가는 기차표를 끊었다. 기차를 타고 16시간이나 가야 했지만 문제가 되지 않았다. 당장이라도 돼지우리 같은 델리를 떠나고 싶다는 마음이 그만큼 간절했다.

델리의 기차역은 시내만큼이나 정신없었다. 기차역인지 집인지 분간이 안 될 정도로, 이상한 모습이 펼쳐졌다. 짐을 잔뜩 쌓아 놓고 담요를 깔고 바닥에 대자로 누워 있는 사람, 양반 다리로 앉아 카레를 손으로 자연스럽게 먹고 있는 가족, "짜이! 짜이!"라고 크게 외치며 음식을 파는 사람들, 그리고 그 사이로 심심치 않게 개와 염소들이 지나갔다.

그때 기차가 3시간이나 연착된다는 이야기가 들려왔다. 한시라도 빨리 델리를 떠나고 싶은데, 3분도 아닌 3시간이라니. 나는 심술 가득한 표정으로 바닥에 앉아 있다가 분에 차올라 괜히 옆에 있는 현지 사람에게 푸념을 했다.

"아니, 어떻게 기차가 3시간이나 늦을 수 있어요?
우리나라에서는 있을 수도 없는 일이에요."

그렇게 그녀와 대화가 시작되었다.

"어차피 기차가 늦는다는 건 변하지 않아요. 그런데 짜증을 내면
자신만 힘들지 않나요?"

"당신은 아무렇지도 않아요?"

"그 시간 동안 짜증을 내든, 즐기든 그것은 자신의
선택이잖아요."

그 순간 머리를 한 대 맞은 기분이었다. 그녀는 마시던 짜이를
마저 마셨다.

주위를 둘러보니 연착 소식에도 다른 사람들은 마치 아무 일도
일어나지 않았다는 듯이 플랫폼을 안방 삼아 자신이 하던 것을
계속하고 있었다. 이런 일 정도는 그들에게 아무 문제도 되지
않아 보였다.

$$\approx$$

겨우 도착한 자이살메르.

"저는 폴루라고 해요. 우리 게스트하우스에 놀러 와요."

10년 동안 오토릭샤^{삼륜 택시}를 몰아서 모은 돈으로
게스트하우스를 차렸다는 그는 한국에 애정을 느껴 한국에

대한 공부를 시작했다고 했다. 역사에 대한 대화가 인연이 되어
나는 그의 게스트하우스에 머물게 되었다. 자이살메르에서의
생활은 황홀하고도 평온했다. 낙타를 타고 드넓은 사막
한가운데를 누비고, 쏟아지는 별을 바라보며 스르르 잠들곤
했다. 사막에서 사이좋게 얘기를 나누며 닭볶음탕이 아닌
'염소'볶음탕을 해 먹기도 하고, 옥상에 삼삼오오 모여 폴루의
젬베 연주에 맞춰 노래를 흥얼거리기도 했다.

어느 날 제법 친해진 폴루가 내게 물었다.

"너는 행복하니?"

"어? 응."

"정말 행복해?"

"응……."

하지만 내 목소리에는 점점 자신감이 사라졌다.

"거짓말하지 마."

"거짓말이라고?"

"응, 내가 보기에 넌 항상 걱정을 많이 하는 것 같아."

"그건 당연한 거지. 넌 걱정 같은 거 안 해?"

"왜 걱정을 해?"

"걱정을 안 한다고?"

"응, 왜 걱정을 해? 무슨 일이 일어나면 그때 해결하면 되잖아.
근데 왜 미리 걱정하는 거지? 지금 이 순간을 즐기기에도
시간은 부족해."

'걱정하는 것'은 사람으로서 당연하다고 생각했기에 그의
사고방식이 놀라웠다. 그는 정말 그 '순간'이라는 것을 선물로
여기며 감사하고 행복해하며 살고 있었다. 게스트하우스를
운영하면서 비수기에 사람이 없으면 그때 누릴 수 있는 자유에
행복해하고, 성수기에 사람이 많으면 그때 돈을 벌 수 있음에
행복해하면서 말이다.

상상했던 것과 달리 인도는 인생의 의미를 찾을 만큼 여유로운
환경이 아니었다. 그러나 인도인들은 주변 환경이 어떻든
평정심을 잃지 않고 그 안에서 여유를 찾고 행복을 느끼는
듯했다.

"No, problem!"

인도를 여행하면서 지겹게도 많이 들었던 말이다.

"문제없어."

기차가 연착돼도 문제없어. 옆에 있는 릭샤가 내 릭샤를
긁고 지나가도 문제없어. 장사가 안 돼도 문제없어. 그런 것은
그들에게는 문제가 되지 않는 듯했다.

과거를 후회하고 미래를 걱정하며 항상 멀리서만 행복을 찾던
나에게 그들의 삶의 방식은 새롭게 다가왔다. 그동안 나는
행복은 '예쁜 여자가 성공한 것'이라고 믿었다. 그런데 그들을
통해 행복은 이미 주위에 가득하며 내가 그동안 미처 알아채지
못한 것뿐임을 깨닫게 되었다.

인도를 여행하며 나도 그 순간을 사는 행복이 무엇인지 조금은

알게 되었다. 그러다 보니 그동안 놓쳤던 것들이 보이기 시작했다. 별이 가득한 밤하늘 아래 웃고 있는 친구들, 살랑살랑 시원하게 부는 바람……. 이렇게 행복을 줄 수 있는 것들에 둘러싸여 있는데, 그동안 난 늘 멀리서만 행복을 찾았다.

미국의 심리학자이자 베스트셀러 《느리게 사는 즐거움》의 저자 어니 젤린스키 Ernie Zelinski 는 이런 말을 했다.
"걱정의 40퍼센트는 결코 현실로 일어나지 않는다."
걱정의 30퍼센트는 이미 일어난 일에 대한 것이다. 22퍼센트는 사소한 고민, 4퍼센트는 우리 힘으로는 어쩔 도리가 없는 일에 대한 것이다. 결국 걱정의 4퍼센트만이 우리가 바꿔 놓을 수 있는 일에 대한 것이다. 그런데 나는 왜 항상 과거를 후회하고, 미래를 걱정하며 지내 왔던 것인가?
한국에 돌아온 후, 나는 인도에서 배워온 'No problem 마인드'를 삶에 적용하기 시작했다.
"면접에서 떨면 어쩌지? No, problem!"
"혹시 면접에 떨어지면 어떡하지? No, problem!"
걱정되거나 두려운 일이 생길 때마다, 나는 자신에게 문제없다고 외쳤다.
'no problem'이라고 반복적으로 외치며 바꿀 수 없는 '결과'가 아닌, 주어진 '과정'에 집중하려 하였다. 또한 '어쩌지' 하며 불안해하기보다 '잘해야겠다'며 의지를 다지다 보니 오히려

원하는 걸 더 이루는 일이 많아졌다. 더 이상 걱정하는 데 시간과
정신을 뺏기지 않은 덕분인 것 같았다. 걱정하는 것이 당연하고
그게 현실적이라고 생각했는데, 아니었다. 어쩌면 인도 여행은
나의 세계 여행의 '씨앗'이었을지도 모른다. 지구 저편에서
나와는 다른 삶의 방식으로 살아가는 이들을 통해 보고 배우며,
그들이 가진 생각이 내 삶에 스며드는 것에 큰 행복을 느끼는
나를 발견했으니 말이다.

☼

좋다, 인도를 떠나서
앞만 보고 걸을 수 있어서 좋다.

길 건널 때마다 죽을 각오를 하고
똥 피하기 게임 하듯이 안 건너서 좋다.
닭 먹을 때마다 이게 기러기일지도 모른다는 불안감에
떨지 않아서 좋다.
빨래 널 때마다 혹시 원숭이가 훔쳐 가지 않을까
노심초사하지 않아서 좋다.
음식 주문할 때마다 세월아 네월아
기다리지 않아서 좋다.
도로에 있을 때 고막 터질 걱정 안 해도 돼서 좋다.

소 볼 때마다 박을까 봐 무서워서
피해 다니지 않아서 좋다.
돈 지불하고 화장실에 들어갔는데
휴지 안 가지고 와서 낭패 볼 일 없어서 좋다.
근데 심심하고 너무 조용해.
이럴지 몰랐는데,
정말 이럴 줄 몰랐는데……
벌써 인도가 그립네!

공대생의 영어 울렁증
극복기

미국 미시간 주 호튼, 미시간공과대학교

"도와주세요! 도와주세요!"

새벽 1시, 도심에서 멀리 떨어진 미국 북부 시골의 한 기숙사.
동양인 여자가 기숙사 밖에서 긴급 호출을 누르며 외치고
있었다. 영하 10도, 이미 눈이 무릎에 닿을 정도로 쌓여 있는데도
멈추지 않는 눈보라. 그 속에서 얇은 옷을 걸치고 슬리퍼를 신은
채 바르르 떨며 도와 달라고 연신 외치는 여자. 누가 보아도
심각해 보이는 상황이었다. 몇 분 후 경찰차가 다급히 달려왔다.

"괜찮아요? 무슨 일이에요?"

당황한 듯 물어보는 경찰관. 워낙 사건·사고 하나 없는 한적한
시골이라 경찰관도 꽤 놀란 듯했다. 그런데 경찰관은 그녀가
처한 상황을 파악한 후에는 어이없다는 표정으로 경고하며
돌아갔다.

"다시는 장난치지 마세요!"

여러분이 예상했던 대로 경찰관에게 혼쭐난 동양인은 바로
나였다. 그리고 나는 장난친 것이 아니라, 그저 방 안에 들어가고
싶었을 뿐이다.

대학교 3학년, 미시간공과대학에 교환 학생으로 선발되어
난생처음 온 미국. 늦은 시간에 기숙사에 도착했건만 설레는
마음에 잠이 오지 않았다. 기숙사를 구경하려고 슬렁슬렁 부엌,
세탁실 등 구석구석을 둘러보다가 이내 밖에까지 나왔다. 그
순간, 아차 했다. 나에게는 문을 열 기숙사 카드가 없었던 것이다.
이미 시간은 늦을 대로 늦어 기숙사에는 불빛 하나 보이지

않았고, 주위에는 인적도 없었다. 점점 매서워지는 추위만큼
불안한 기운이 감돌기 시작했다.

그때, 버튼이 눈에 들어왔다. '긴급 호출' 버튼이었다.

"무슨 일이지요?"

희망에 가득 차 버튼을 눌렀지만 질문에 답할 수가 없었다. 내
상황을 영어로 표현할 수 없었던 것이다. 떠오르는 건 고작 두
단어, help와 problem이있다. 그렇게 도와 달라고, 문제가 있다는
말만 수없이 반복하는 내가 멍청하게 느껴졌다. 마치 말 못하는
아기로 돌아간 기분이었다.

결국 경찰관이 문을 열어 주어 간신히 기숙사에 돌아왔다. 방에
들어오자마자 나도 모르게 서러움에 복받쳐 눈물이 났다.

그다음 날, 바로 기숙사 카드를 신청하기 위해 카운터로 갔다.
어제의 일은 잊고 다시 새로운 마음으로 시작하자는 다짐과
함께.

"안녕하세요? 저는 교환 학생으로 왔어요."

"왓? 왓?"

카운터의 직원이 '스튜던트'라고 말하는 정직한 내 발음을
알아듣지 못하는 것이었다. 몇 번을 얘기해도 못 알아듣더니,
답답한지 갑자기 종이를 건네고는 스펠링을 쓰라고 한다.
에스.티.유.디.이.엔.티. 유치원생마저 알 만한 단어인 STUDENT를
쓰라니……. 자존심에 스크래치가 제대로 났다.

초등학교 졸업 이후로 10년 동안 영어를 배웠다. 교환 학생으로

오기 전에는 새벽에 일어나 영어 회화 수업을 들었고, 심지어
외국인 친구도 있었다. 그런데 이곳에서 난 사람들에게
말하지도, 사람들의 말을 알아듣지도 못했다. 이후 며칠 동안
수업을 제외하고는 기숙사 방 안에만 있었다. 달콤한 아메리칸
캠퍼스 라이프를 기대했던 만큼, 이 사건은 내게 너무나 쓰게
다가왔다.

≋

세월이 흘러 나는 학생들 대상으로 강연을 하곤 한다. 강연에서
바로 '영어'와 관련된 질문을 많이 받는다.
"원래 어렸을 때부터 영어를 잘하셨어요?"
"외국에서 학교 나오셨죠?"
"전공이 영어인가요?"
500명이 넘는 외국인 주재원들에게 한국 문화를 소개하고 세계
곳곳을 다니며 친구들을 만나고 만들었다고 하면, 다들 나의
영어 실력과 전공을 궁금해한다.
"저 공대생이었어요."
이렇게 대답하면 대부분 놀란다. 그리고 예전에는 외국인에게
"Hi!"라고 먼저 인사하는 것이 소원이었다고 하면 믿지 않는다.
나는 영어를 제대로 배워 본 적이 없다. 20살까지 영어에
큰 관심을 가져 본 적도 없는, 수학 선생님을 꿈꾸는 지극히

'이과스러운' 아이였다. 그러면서 오히려 한국의 과열된 영어 교육을 비판했었다.

'토익, 오픽 점수를 따서 회사에 들어간다고 해도 결국 써 먹지도 않을 텐데, 왜 그토록 영어를 배우라고 강요할까?'

'영어에 쏟는 시간을 각각 자신이 잘하는 분야에 투자한다면, 훨씬 다양한 전문가들이 나올 텐데.'

이런 생각은 미국에 와서 굼벵이 생활을 하던 한 달 동안 더욱 강해졌다.

$$\approx$$

기숙사에서 굼벵이 생활을 청산하면서 마음을 다졌다.

'이 사람들이 한국어를 모른다고 부끄러워하지 않잖아. 내가 영어 못하는 건 부끄러운 게 아니야.'

비록 말은 떠듬거리지만 당당하게 사람들에게 다가가자 신기한 일이 벌어졌다. 점점 사람들이 내게 관심을 갖기 시작한 것이다. 그들은 이런 나를 '코리안 크레이지 걸'이라고 부르며 재미있어 했다. 사실 그전에는 말을 하기도 전에 걱정부터 했다.

'문법이 틀리면 어떡하지?'

'내가 한 말을 못 알아들으면 어떡하지?'

걱정이 앞서 말을 내뱉지도 못했다. 한다고 해도 모깃소리로 자신 없게 말해 상대방이 듣지 못하는 경우도 많았다.

하지만 용기를 내서 한 명 한 명과 대화하다 보니, 다른 환경과 경험을 가진 사람들과 소통하는 것이 참 즐거웠다. 그러면서 언어의 한계로 인해 더 깊은 이야기를 나누지 못하는 것이 아쉽게 느껴졌다. 그리고 그것이 영어 공부를 열심히 하게 된 계기가 되었다.

영어 하나로 친구가 될 수 있는 사람들이 5천만 명에서 13억 명으로 약 26배가 늘어난다고 한다. 나는 다양한 사람들과 더 깊게 소통하고 싶었다. 시험을 잘 보거나 좋은 직장에 들어가기 위해서가 아닌, 사람과 사람을 연결해 주는 수단으로서 나의 영어 공부는 시작되었다. 매일 아침, 일찍 일어나서 3시간 동안 20개씩 영어 문장을 외웠다. 그리고 외운 문장은 그날 꼭 사용하려고 노력했다. 최대한 영어를 쓸 수 있는 상황에 나를 노출했고, 친한 친구 몇 명에게는 내가 영어를 틀리면 무조건 지적해 달라고 부탁까지 했다. 그러자 시간이 갈수록 놀랄 만큼 영어가 늘었다.

멕시코로 여행을 갔을 때 경험한 일이다. 멕시코인들은 참 친절했다. 그런데 그들은 생각했던 것보다 영어를 잘하지 못했다. 인연을 놓치는 것이 아쉬웠다. 그래서 바로 그다음 도시에서 한 달 동안 머무르며 스페인어를 배웠다. 언어가 여행을 얼마나

괜찮아, 청춘이잖아

풍요롭게 해 주는 것을 알기에 열심히 공부했고, 어느 정도
소통할 수 있게 되었다. 그 덕분에 이후의 중남미 여행은 너무나
좋았다.

"왜 한국인들은 말을 걸려고 다가가면 대부분 피하는 거지?"

한국을 여행하는 외국인 친구들이 자주 하는 얘기이다. 그러면
난 이렇게 설명한다.

"우리는 대부분 단어 암기와 읽기에 치중해서 영어를
공부했거든. 그래서 막상 외국인들이 다가오면 무슨 말을 해야
할지 몰라서 당황할 때가 많아. 결코 외국인이 싫어서 그런 것이
아니야. 그러니까 오해하지 마."

이렇게 얘기하면 그들은 하나같이 똑같은 반응을 보인다.

"못하는 건 당연하잖아!"

여행의 필수품은 언어다. 물론 언어가 통하지 않는다 해서
여행을 못하는 거 아니다. 하지만 언어가 통한다면 여행은
한층 즐거워질 것이다. 언어야말로 '세상과 사람을 연결해 주는
가장 강력한 창구'이다. 그러니 공부하고 부딪혀 얘기해라.
틀려도, 잘하지 못해도 당당해라. 우리의 모국어는 영어가 아닌
한국어니까.

나는야
S대 나온 여자

"너, 어느 학교 나왔어?"

"나? 음, 국민대……."

"아니, 왜 이렇게 자신이 없어? 나보다 학교도 훨씬 괜찮구만! 난 수원대 나왔어."

"정말?"

인도 바라나시Varanasi의 게스트하우스에서 병성이를 만났다. 우리는 하루 만에 제법 친해졌다. 미소도 밝고, 생각도 깊고, 아는 것도 많은 친구였다. 그런데 대화하다가 졸업한 대학교를 물어보니 갑자기 얼굴에 생기가 사라지며 자신 없어 했다. 그리고 기어 들어가는 듯한 소리로 대답했다. SKY, 소위 명문대에 들어가고 싶었던 그는 삼수까지 했지만, 결국 뜻을 이루지 못했다고 고백 아닌 고백을 했다.

"나 사실, 너 명문대 나온 줄 알았어."

"뭐? 왜?"

"영어도 잘하고, 당당하고, 이야기도 똑소리 나게 해서 말야."

"뭐야~."

학교에 대한 열등감이 있는 그에게 자신감 있게 보이는 사람은 '명문대 출신'이라고 여겨졌던 것 같다. 난 명문대를 나오지도, 서울에 있는 학교를 나오지도 않았다. 좋다고 할 수도 그렇다고 나쁘다고도 할 수 없는 수원대학교 그것도 도시부동산개발학과를 나왔다. 사실 대학 지원 기간 때 안전빵으로 수원대를 하나 쓰자는

담임 선생님의 제안에 난 자존심이 상해서 붙어도 안 가겠다는
마음으로 원서를 넣었다. 그러나 어찌하겠나? 붙은 것이
수원대뿐인데. 과도 부동산에 관심이 많으신 아빠의 취향을
적극적으로 고려하여 선택했던 것이다.
그렇게 나는 학교에도 전공에도 전혀 뜻이 없었지만, 이젠 어느
누가 물어봐도 당당하게 얘기한다.
"저 수원대학교 도시부동산개발학과 나왔어요."

≋

물론 나도 처음에는 그렇지 않았다. 졸업한 학교를 물어볼
때마다, '수원대'라고 말하는 것이 창피했다. 학교 이름이 새겨진
점퍼를 당당히 입고 다니는 명문대 학생들을 부러워하기도 했다.
수원대라고 해서 수원에 있다고 생각하면 오산이다. 우리 학교는
수원이 아닌 화성시 봉담읍 와우리에 있다. '리'에 프랜차이즈
커피점이 처음 생겼을 때, 학생들은 환호성을 질렀다. 서울에서
학교에 다니는 친구들은 수업 마치고 화려한 홍대에서 노는
반면, 나는 학교 친구들과 지하에 있는 후미진 술집에서 놀곤
했다. 심지어 어느 날은 쥐가 튀어나온 적도 있었다. 주변 환경,
전공, 학교 등 정말 어느 하나 마음에 드는 구석이 없었다.
그래서 편입을 고민하기도 했다. 학교의 '네임밸류'를 높이기
위함이었다.

하지만 고민 중인 내게 아빠는 말씀하셨다.

"용의 꼬리보다 뱀의 머리가 돼라."

그리고 한마디 덧붙이셨다.

"이곳에서 최고가 될 수 없다면, 어디에서든 최고가 될 수 없다."

부끄러웠다. 불평하던 이 학교에서조차 난 뱀의 머리가 아닌 몸통이었기 때문이다. 결국 난 뱀의 머리가 되기로 결심하고 노력하고 노력했다. 열심히 공부해서 장학금도 받고, 과 최초로 교환 학생에 선발되기도 했다. 오히려 편입하지 않고 학교를 계속 다니면서 여러 혜택을 받을 수 있었다. 학교에서 제공하는 좋은 프로그램에 참여해 많은 것을 배웠다. 나중에 취업하면서 학교 때문에 손해를 본다는 생각은 안 들었다. 내가 바라는 것을 확실히 알고, 관련해서 충분한 경험을 쌓아 왔기 때문이다.

한번씩 후배들을 만나면, 등록금만 비싸고 학교 간판 탓에 취업이 안 된다고 불평하는 경우가 있다. 그럴 때 나는 편입할 수 있으면 하고, 그렇지 않을거면 학교에 만족할 수 있도록 누릴 수 있는 것을 최대한 누리라고 현실적인 조언을 해 준다.

내 삶의 터닝 포인트는 1년 동안 미국에서 보냈던 교환 학생 시절이었다. 그때가 없었으면 지금의 나도 없다. 모든 선택의 결과가 쌓인, 지금의 나를 사랑하기에 모교인 수원대학교 없는 나는 상상조차 할 수 없다.

언젠가 엄마가 나에게 좀 더 열심히 공부해서 좋은 대학교에 갔으면 좋았을 거라는 아쉬움을 내비치신 적이 있다. 공부를

더 열심히 하지 않은 것에 대한 아쉬움은 있지만, 다시 시간을
되돌린다 해도 나는 이 학교를 선택했을 것이다. 이 학교의 최대
수혜자는 바로 나이기 때문이다!

때로 사람을 그 자체보다 학벌 등으로 평가하거나 학벌에 따라
다르게 보기도 한다. 그러나 본격적으로 사회생활을 시작하니
학벌은 그다지 중요하지 않았다. 정말 중요한 것은 그 사람이
어떤 사람인가이다. 어느 학교든 그 학교를 통해 자신이 더
괜찮은 사람으로 발전할 수 있다면 그것이야말로 성공적인 학교
생활일 것이다.

한국에서
세계를 품다

'한국에서 전 세계 사람들을 만날 수 없을까?'

다른 국적의 사람과 소통하는 데 즐거움을 느끼는 나는,
한국에서도 외국인 친구들을 만들고 싶었다. 간절히 바라면
이루어진다더니 결국 나는 '세계인을 만나는 직업'을 갖게
되었다. 그리고 난 일을 통해 2년 동안 약 40개국에서 온 500여
명의 사람들을 만날 수 있었다.

매년 전 세계 해외 법인에서 근무하는 약 300명의 외국인
인재들이 한국 본사에 파견된다. 하지만 아무리 똑똑한 그들도
한국에 오면 '아기'가 될 수밖에 없다. 언어의 장벽에서부터 생활
및 조직 문화의 차이로 인해 혼자 할 수 있는 것들이 많지 않기
때문이다. 그런 외국인 사원들이 원만하게 한국에 적응할 수
있도록 오리엔테이션에서부터 상담, 생활 지원 즉 토탈 케어를
해 주는 것이 나의 일이었다. 이 업무를 하는 동안 한국에서 세계
사람들을 만나고, 세계를 가슴에 품을 수 있었다.

우리 부서에는 약 50명의 사람이 있었지만 그들은 대부분 인문
계열을 졸업한 사람들이었고, 공대 출신은 나뿐이었다. 그리고
우리 과에도 50명이 넘는 동기가 있었지만, 인문 계열의 일로
빠진 사람은 나뿐이다. 어떻게 나는 그곳에 가게 됐을까?

교환 학생 시절, 평소에는 철부지처럼 놀기만 좋아하는 친구들이

사뭇 달라 보이는 때가 있었다. 바로 수업 시간이었다. 수업만
시작하면 안 그래도 큰 그들의 눈에서 레이저가 발사되기
시작했다. 그들은 수업에 참여하는 것을 넘어서 수업을 함께
만들어 나갔다. 수동적으로 교수님이 말씀하는 것을 듣고
적는 것만이 아니었다. 궁금한 것이 있으면 물어보고 토론하며
능동적으로 수업에 참여했다. 또 반대 의견이 있으면, 자신의
견해를 적극적으로 제기했다. 누구 하나 질문하고 대답하는
것을 두려워하지 않았다. 졸거나 피곤해하는 학생도 없었다. 매
수업이 역동적이고 활기가 넘쳤다.

"학교 공부, 어때?"

내 질문에 대다수의 학생들은 이렇게 대답했다.

"재미있어. 무엇보다 공부하고 싶었던 것을 깊게 배울 수 있어서
좋아."

"힘들지만, 내가 좋아하고 잘하고 싶은 것을 한다는 게 행복해."

망설임 없이 전공 공부가 '재밌다.'는 대답은 가히 충격적이었다.
좋아하는 일, 잘하는 일을 바탕으로 전공을 선택했는데 어찌
재미없을 수 있을까. 미국 학생들은 전공에 대해 질문할 때면,
눈빛이 달라져 척척박사처럼 대답하곤 했다.

그런데 그들은 어마어마한 금액을 빚지고 있었다. 학비만 해도
1년에 평균 3천만 원이 훌쩍 넘고, 거기에 기숙사비, 생활비까지
감당해야 한다. 빚이 부담스럽지 않느냐는 내 말에 한 미국
친구가 그랬다.

"빚이 부담스럽긴 하지만, 그래도 대학교에서 전공 공부를 하는 것은 그 이상의 가치 있다고 생각해."

그 친구들을 보며 내 자신을 돌아보게 되었다. 나는 지금껏 살아가면서 무엇을 잘하고 좋아하는지 진지하게, 깊게 고민한 적이 있었나?

이제까지 무엇을 선택함에 있어서 적성은 고려 사항이 아니었다. 중·고등학생 때는 점수를 잘 받을 수 있는 것을 선택했고, 대학생 때도 적성보다는 유망하다고 생각되는 것을 선택했다. 그렇게 들어간 대학교, 전공이 잘 맞을 리가 없었다. 특히 활달하고 외향적인 내게, 몇 시간 동안 앉아서 도면을 그리는 작업은 죽을 맛이었다. 그러면서도 "넌 성적도 좋고 공대를 다니니까 취업이 잘될 거야."라는 주변의 말에 솔깃해서 언제나 그랬듯이 적성은 뒷전이었다. 직장을 선택할 때도 역시나 적성보다는 회사 이름과 연봉이 우선이었다.

그런데 어느 순간부터 적성을 무시한 채 나아가고 싶지 않았다. 계속 이 전공으로 나아가 내가 행복할 수 있을지, 평생 적성에 맞지 않는 일을 하고 살 수 있을지 자신이 없었다.

그래서 그때부터 치열하게 고민하고 스스로에게 질문하기 시작했다.

'난 무엇을 잘하고, 좋아하는가? 그리고 언제 가장 설레는가?' 그때부터 최대한 새로운 환경에 나를 노출시키고, 다양한 경험을 해 보려 노력했다. 더불어 적성 검사부터 강연 참석, 독서,

버킷리스트 작성까지 나에 대해 더 자세히 알기 위해 무엇이든
해 봤다.

그러면서 자연스레 깨달았다. 나는 무엇보다 사람을 상대하는
일에 열정이 있다는 걸. 특히 다양한 문화권의 사람들을 만나
새로운 가치관을 배우며, 그들이 나로 인해 한국에 관심을
가지게 될 때 큰 희열을 느꼈다.

이후 직업을 선택할 때, 더는 남들이 좋다고 생각하는 것을
우선시하지 않았다. 내 특장점을 고려해 내가 좋아하고 잘할 수
있는 일을 찾았다. 취업 사이트에 '국제', '글로벌', '외국인'과 같이
관심 분야의 단어를 검색해 여러 직종을 찾아보고 분석했다.
그러다 내 일이다 싶은 일을 발견해 냈다.

나는 4년 동안 학교에서 배운 것보다도 2년 동안의 직장
생활에서 배운 것이 더 많다고 자신 있게 말할 수 있다. 관심
분야가 비슷한 동료들을 만나 끊임없이 성장할 수 있는 기회를
얻었기 때문이다.

회사에 감사하기까지 하다. 외국인 한 사람과의 인연은 단순히
친분을 쌓는 것이 아닌, 새로운 우주를 품는 기회가 되었다.
그 인연을 통해 미지의 세계는 내 친구들이 살아가는 곳으로
다가왔고, 어린 시절부터 막연하게 꿈꿨던 세계 여행이 보다
구체화되었다. 그렇게 적성에 맞는 일을 찾는 것에서부터 나도
모르는 사이 내 삶은 내가 꿈꾸는 방향으로 흘러가고 있었다.

☼

즐기지 않는 일을 계속하지 마라.
자신의 일을 좋아하면 자신이 좋아지고
내면의 평화를 얻을 것이다.
이에 더해 몸도 건강하다면
상상했던 것 그 이상의 성공을 거둔 것이다.

- 자니 카슨 *John Carson*

누구나
흔들린다

'나를 찾는 글쓰기.'

어느 날, 회사 게시판 붙은 문구가 나를 사로잡았다.
회사 내 라이프코칭센터에서 매주 수요일 점심시간에 진행하는
수업에 관한 안내였다. 라이프코칭센터는 임직원을 대상으로
하는 상담소 같은 곳이었다. 직장 생활을 한 지 2년쯤 되던 나는
어느 순간 나의 원래 모습을 잃어버린 듯한 생각이 들어 수업을
신청했다.

수업 첫째 날, 각종 사업부에서 일하는 다양한 연령대의
직원들이 모였다. 그중에는 사회적으로 성공했다고 말할 수
있는 사람들이 대부분이었다. 이들 사이에 있으니 나도 모르게
위축되었다.

선생님이 질문을 던졌다.

"이 수업을 왜 들으려고 하세요?"

몇몇 사람들의 대답에, 나는 이내 괴리감이 아닌 동질감을
느끼게 되었다.

"내 자신을 잘 모르겠어요. 그리고 이게 내가 원하는 삶인지도
잘 모르겠고요."

"매번 야근 때문에 가족들과 보내는 시간이 없어요. 아내와
아이들은 서운해하죠. 친구들은 대기업에 다니고 연봉도
높다고 나를 부러워하지만, 돌아보면 주위에는 아무도 없고
육체적·심리적으로 힘들어요. 이제 어떻게 해야 할지 잘
모르겠어요."

알고 보니 사람들 대부분이 비슷한 이유로 모인 것이었다. 누구나 삶에 고충과 불안함이 있었다. 많은 사람이 선망하는 자리에 있는 이들도 같은 고민을 하고 나이가 들어도 고민이 있다는 것을, 고민의 모습은 달라도 다들 불안해하고 때론 방황한다는 것을 알게 되었다.

모두의 말을 다 들은 후 선생님이 말씀하셨다.

"여러분이 느끼는 감정은 자연스러운 거예요. 《파우스트》에 이런 말이 나오지요. '인간은 노력하는 한 방황하기 마련이다.' 여러분은 잘하고 계신 거예요."

10대 아니 20살 때만 해도, 직장인이 된 나를 상상하였을 때 과연 어떤 모습이었을까? 그때만 해도 정장을 차려 입고 구두를 신고 출근하는 직장인을 보면, 심리적으로도 완전하게 자립한 '어른' 같았다. 어느덧 시간이 흘러 나는 매일 옷을 차려입고 출근하는 직장인이 되었다. 학생들 눈에는 난 영락없는 어른이겠지만, 여전히 흔들리고 고민도 많았다. 사회는 내게 어른이라고 이야기하지만, 난 아직 '어른 아이'인 것 같았다. 나를 잘 모르겠고, 때때로 이 길이 맞나 싶기도 했다. 이런 내가 철이 없게 느껴지기도 하고, 시도 때도 없이 찾아오는 불청객 같은 '불안', '혼란'을 있는 그대로를 받아들이지도 못했다.

그러나 수업을 들은 이후로는 때때로 찾아오는 불안정함을 있는 그대로 인정하게 되었다. 누구나 흔들린다. 그것은 사회에서의 성공 여부와 상관없다. 사람은 존재하는 한 불안해하는 존재이기에 때때로 자신과 내 길에 의문을 갖는 것은 어른스럽지 못한 것이 아니라 자연스러운 것이라고 여기게 되었다.

물론 늘 자신 있고 당당했으면 좋겠지만, 불안하고 흔들리는 것도 나의 한 부분이니 그런 자신을 그대로 받아들이기로 했다. 그래서 느닷없이 불안해질 때면 난 감정을 오롯이 받아들이며 얘기한다.

'괜찮아. 누구나 흔들려. 때로 불안한 건 자연스러운 거야.'

이룰 수 없는
버킷리스트는 없다

"이 중에서 이룬 건 있어? 이룰 수 있는 게 뭔데?"

직장 생활에 권태기가 찾아 올 무렵 1년 전에 적었던 내

버킷리스트[Bucket list]를 보고 친구가 물었다.

'지구 어딘가에서 한 달 동안 내 동네처럼 살아 보기.'

'세계 여행하기.'

'쿠바에서 살사 배우기.'

'세상 가장 높은 곳에서 떨어지기.'

'교환 학생으로 갔던 학교에 다시 가기.'

버킷리스트, 죽기 전에 꼭 해 보고 싶은 것들이다. 그러나 당장 이룰 수 있는 것은 그 무엇도 없는 듯했다. 먼 훗날에는 이룰 수 있을지 모르나, 당시의 내 삶과는 동떨어지는 이상일 뿐이었다. 그만큼 나를 둘러싸고 있는 환경에서 할 수 있는 것은 하나도 없었다.

'직장 그만두고 싶어도 대리 직함 달기까지는 꼭 참기.'

'결혼 자금 모으기 위해 적금 3개 들기.'

'적절한 나이에 결혼하기.'

버킷리스트에 이런 것은 하나도 없었다. 하지만 내 삶에서 그리 원치 않았던 것을 위해서 하고 싶은 것은 억누르는 것에 난 이미 익숙해져 있었다.

무엇보다 중요한 건 이젠 더는 내가 삶에서 무엇을 원하는지조차 알지 못하는 상황에 다다랐다는 것이다. 회사라는 틀 안에 갇혀 안정적인 삶, 익숙해져 버린 일상을 살면서 변화하기도 귀찮고

새로운 시도도 두려웠다. 비록 차곡차곡 늘어나는 통장의
숫자를 보며 위안으로 삼았지만, 월급과 청춘을 바꾸어 버린
것만 같은 기분이 든 것도 사실이었다. 그리고 입사한 뒤에 눈
깜짝할 새에 2년이 지났듯 순식간에 나이를 먹는 게 아니냐는
두려움마저 들었다.

≈

나도 열정 많고 패기 넘치는 신입사원이었다.
"정말 하고 싶은 일이고 즐길 수 있는 일이라 자신 있습니다."
이렇게 외쳤던 시절이 있었다. 신입 사원 장기 자랑 때는
몸치임에도 한 달 동안 열심히 연습해 흰색 한복에 비녀를 높이
꽂고 이정현의 <와>를 부르기도 했다. 회사 내에 연구회를
만들어 근무를 마친 뒤에 스터디를 하였고, 외국인 주재원
앞에서 프리젠테이션을 잘하고 싶어서 발표 동아리에까지
들어서 연습하기도 했다.
그때 나를 '이러다 말겠지.'라는 눈초리로 바라보던 몇몇
선배들이 기억난다. 그리고 2년이 지나니, 나 또한 후배들을
그렇게 바라보고 있었다. '아무리 노력해도 바뀌지 않아. 중간만
하면 되는 게 회사 생활이야.'라는 표정으로 말이다.
20대는 무엇을 해도 괜찮고 용서가 되는 나이라고 한다. 그리고
오늘은 내 인생에서 가장 젊은 날이다. 인생을 100살까지 산다고

할 때 26살은 새벽 6시, 아직 해도 뜨기 전이다. 겉보기에는 꽤 안정적이고 멋있는 삶이었다. 하지만 가끔씩 눌러 왔던 깊은 내면의 목소리가 속삭이곤 했다.

"예솔아, 이게 네가 원하는 삶이야? 먼 훗날 너의 20대를 회상할 때, 후회 안 할 자신이 있어? 인생은 장기전이야. 세상이 얼마나 넓고 다채로운데 왜 틀 안에 너를 가두는 거니."

결국 나는 내 자신이 조금은 '청춘'답게 열정을 갖기를 바라며 용기를 내 보기로 결심했다.

괜찮아, 청춘이잖아

효녀 심청,
인생 최대의 반항을 하다

세계 여행을 하기 전, 마음에 걸리는 것이 한두 개가 아니었다.
미지의 세계에 대한 두려움, 안정된 직장을 그만두는 두려움,
남자 친구와 헤어지는 두려움……. 그중에 단연 가장 큰
두려움은 바로 부모님께 세계 여행을 간다고 말하는 것이었다.
'경험주의, 보수적.'
결코 조화를 이룰 것 같지 않은 두 단어, 그러나 나의 부모님을
표현하는 가장 적절한 단어다.
"비싼 것이 뭐가 필요 있어. 자신이 명품이 되어야지."
아빠는 정말 지독히도 꾸미는 것에 관심이 없으셨다. 철저하게
돈을 아끼며 살아오셨다. 그래서 고장도 안 났는데 왜 바꿔야
하냐며 아직 2G 휴대폰을 쓰시고, 손목에는 사은품으로 받은
시계를 차고 계신다. 심지어 여행 갈 때도 행사명이 떡 하니 박힌
증정용 옷을 입기도 하신다.
언젠가는 첫 월급을 타고 고민 끝에 10만 원짜리 시계를 산 나를
꾸짖으셨다.
"시간만 보면 되는데, 10만 원짜리가 뭐가 필요해?"
그런 아버지도 아낌없이 투자하는 것이 하나 있었다. 바로
새로운 경험을 쌓는 일이었다. 충분한 수면이 중요할 나이인
초등학교 4학년 11살, 매일 새벽마다 나를 깨우셔서는 2년 동안
수영장에 끌고 가셨다. 내게 하루 빨리 '바다 세상'을 보여 주고
싶으셨기 때문이다. 그래서 난 13살, 그 당시 국내 최연소로
스쿠버 다이빙을 도전하기도 했다. 공부가 중요한 수험생 때도

아버지는 나를 해병대 캠프에 집어넣으셨다. 샤랄라 캠퍼스를 걷는 20살이 되던 해에는, 하늘을 나는 짜릿함을 만끽할 수 있는 스카이다이빙을 선사해 주셨다.

아빠는 늘 자식에게 새로운 세상을 열어 주는 것을 좋아하셨고, 몸으로 체득한 산 경험을 중요하게 여기셨다. 이렇게 어렸을 때부터 남들이 엄두도 못 낼 경험을 하는 나를 보고, 주변 사람들은 말했다.

"넌 정말 자유롭게 사는 것 같아."

하지만 전혀 아니었다. 아빠는 마치 이탈리아, 아프리카 등 세상 모든 종류의 음식은 다 맛보게 하고는 끝내 한국 음식을 선택하기를 바라는 분 같았다. 내가 지극히 평범하게 살기를 무엇보다 바라셨다.

특히 20살 때부터 지겹게 들어온 부모님의 잔소리 3종 세트가 있다.

"여자는 나이가 경쟁력이다."

"28살 전까지 결혼 안 하면 국물도 없다."

"첫 직장은 적어도 4년 이상은 다녀야 한다."

그래서 나는 휴학 한 번 없이 졸업하자마자 자신을 닦달하며 조급하게 취업하였고, 20살 때부터 연애의 연장선은 결혼이라고 생각했으며, 좋든 싫든 회사에 들어가면 4년은 무조건 채워야 한다는 압박감을 느꼈다. 부모님이 정한 틀 안에서 최대한 많이 경험하고 누리려고 했지만, 인생의 '때'라는 것에 뒤처지는 것을

무서워하며 조금의 지체도 없이 달려왔다. 스물여섯, 성인이
되었지만 큰 결정을 해야 할 때면 항상 부모님께 의존하는 어른
아이였으며, 부모님 말씀을 늘 따르는 효녀 심청이었다. 그러다
보니 이런 생각이 들 때도 있었다.

'난 내 인생을 사는 건가, 아니면 부모님의 인생을 사는 건가?'
분명히 부모님 말씀대로 살아가면 편안하고 안정적일 것은
알지만, 그렇게 살면 내가 과연 행복할지, 후회하지는 않을지
의심이 들었다. 이러다가 나중에 부모님을 원망하게 되지는
않을지 걱정됐다.

≈

세계 여행 한 달 전, 인생에서 처음으로 상의가 아닌 통보를
부모님께 하게 되었다. 이미 회사 퇴사일과 떠나는 항공권까지
결정된 상황이었다.

"엄마아빠가 좋아하시는 오리주물럭 먹으러 가요. 제가 사
드릴게요. 드릴 말씀도 있고요."

집에서 얘기했다가는 언성이 높아질 수도 있으니, 차라리 밖에서
얘기하는 것이 낫겠다는 생각이 들었다. 부모님이 내 결정을
이해해 주실 거라는 기대조차 하지 않았다. 반대하는 것이
당연하다고 생각했다. 입장 바꾸어서 내게 딸이 있는데 그 딸이
갑자기 세계 여행을 간다고 하면, 나라도 반대했을 것 같다.

적당히 배가 불러올 때쯤, 용기를 내서 이야기를 꺼냈다.

"저, 할 말 있어요."

첫 마디를 하는 동시에 그동안 꾹꾹 눌러 왔던 나의 꿈과
감정들이 터져 버렸다. 세계 여행을 얼마나 가고 싶고, 왜 가고
싶은지에 대한 이야기를 쏟아 냈고, 부모님은 묵묵히 듣고
계셨다.

이야기가 끝난 후, 잠잠히 듣고 계셨던 아빠가 이내 입을 여셨다.

"네가 그렇게 가고 싶다면, 갔다 와."

"네?"

"나중에 후회하지 않게 1년 동안 네가 하고 싶은 것 다하고 와. 그
1년이 단순한 여행이 아니라 인생의 터닝 포인트가 될 수 있도록,
더 많이 보고 만나고 경험하고 오렴."

생각지도 못한 반응에 나도 모르게 이런 말이 나왔다.

"요즘 세상이 얼마나 위험한데, 엄마아빠는 내가 다치거나
잘못될까 봐 걱정되지 않아요?"

"네가 누구 딸인데!"

"지금껏 봐서 아는데, 너라면 잘할 거야."

아무런 말도 더 이상 할 수 없었다. 감사하고, 부끄러웠다.
지금까지 '부모님 때문에 할 수 없어, 못해.'라고 불평하며 하지
않았던 것이 사실은 내가 확신이 없었기 때문에 미루었던
것임을 깨달았다.

내가 간절히 원하던 것을 결정하였을 때, 누구보다 나를 응원해

주고 품어 주는 사람은 바로 부모님이었다. 부모님께 처음으로 큰 반항을 한 날, 나는 다짐했다.

'나를 믿어 주시는 부모님을 생각해서라도 건강하고 무사하게 다녀와야지. 1년 후 더 멋진 모습으로 돌아와야지.'

※

항구에 정박해 있는 배는 안전하다.

그러나 배는 항구에 묶어 두려고 만든 것이 아니다.

- J. A. 세드

시작하기 전이
가장 두려운 법이다

태국 카오산 로드

'마지막으로 가족 앞에서 울어 본 적이 언제지?'

강해 보이는 외모와는 다르게 나는 눈물이 많은 편이다. 영화는 물론이고 <우리, 결혼했어요> 같은 TV 프로그램에서 가상 커플이 종료되는 시점에는 항상 울곤 했다. 그런데 내가 기억하는 한 부모님 앞에서는 울어 본 적이 없다.

막내딸이지만 부모님께는 늘 씩씩하고 강한 딸이고 싶었다. 괜한 걱정을 끼치는 것이 싫었고 약한 모습을 보여 드리는 것이 싫었다. 그런 내가 부모님 앞에서 어린아이처럼 꺽꺽 목 놓아 운 날이 있었다.

2014년 11월 11일, 세계 여행을 떠나는 날이었다. 불행인지 다행인지 끝까지 정신없던 탓에 여행을 떠나는 것을 실감하지 못하였다. 떠나는 날에 이르러서야 미루었던 머리를 싹둑 자르고 오징어 먹물 색으로 염색했다. 그리고 부랴부랴 부족한 짐을 챙기다 보니 어느새 오후 4시가 되었다. 8시에 비행기를 타려면 서둘러 나가야 했다.

"너랑 밥 먹으려고 여태 안 먹었어. 마지막 한 끼는 엄마아빠랑 같이 먹자."

엄마 말에 허겁지겁 늦은 점심을 해치우다시피 먹고 짐을 챙겨 나가려는 순간 울컥했다. 내 방, 그리고 이 집⋯⋯. 언제 돌아올지 모른다는 생각이 들었다. 그때부터 모든 것이 애틋하게 느껴지며 기분이 이상했다. 한국을 떠나기 3시간 전이 돼서야 실감나기 시작한 것이다.

부모님과 함께 공항에 가는 길이었다. 의식하지 못한 사이에 눈물이 흐르기 시작하더니 결국 껵껵 애처럼 울어 버렸다.

"아이고, 우리 딸 완전히 애처럼 우네. 네가 선택하고 바라던 꿈을 이루는 건데, 왜 울어?"

부모님은 애써 나를 위로해 주셨다.

부모님과 헤어지기 전, 준비했던 선물과 편지를 드리고 꼭 껴안았다가 헤어지려는데 후회가 밀려왔다.

'대체 무슨 부귀영화를 누리려고 안정적인 삶을 뒤로한 채 이 선택을 한 거지?'

불안한 마음이 잘 진정되지 않았다. 잠시 뒤 친구들과 통화하면서 비로소 안정을 찾을 수 있었는데, 친구들은 하나같이 이 말을 잊지 않았다.

"나한테 계속 연락해야 돼."

꿈을 이루기 위해 가는 길, 기대와 설렘보다 불안과 초조함을 가득 안은 채 비행기에 몸을 실었다. 그런데 막상 출발하니 담담해졌다.

그때 깨달았다. 새로운 것을 시도하기 전이 가장 두려운 것이다. 번지점프대에서 아래로 뛰어내리기 전, 거친 바다에 뛰어들기 전이 가장 두렵다. 하지만 자신을 믿고 내딛으면 이내 새로운 길이 펼쳐진다. 그렇다. 시작이 가장 두려운 것이다.

≈

한국을 떠나 태국에 도착하기 전, 걱정을 많이 했다. 태국행
비행기 표, 첫날 머물 숙소 말고는 어느 것도 정하지 않은
탓이었다.
'새벽인데 택시 타면 위험하지 않을까?'
'귀국 티켓이 없으면 방콕에 입국하기 어렵다는데 괜찮을까?'
그런데 별일 없었다. 또 쓸데없이 사서 걱정만 한 것이다. 그래도
터키에 가기 전에 비행기가 추락할까 봐 걱정했던 것보단 낫다며
스스로를 위로했다.
새벽 2시, 카오산 로드 Thanon Khaosan를 지나치는데 가슴이
두근거리기 시작했다. 태국에서 세계 여행을 시작한 이유는
단순했다. 왠지 배낭여행자의 성지인 카오산 로드에서 여행을
시작해야만 할 것 같았기 때문이다. 그런데 상상만 하던 카오산
로드라니, 당장 내려서 거리를 걷고 싶은 마음을 진정시키고
게스트하우스로 향했다.
내 세계 여행의 첫날, 늦은 시간이라 숨죽여 조용히 방으로
들어가려는데 왁자지껄한 소리가 들렸다.
"안녕하세요?"
게스트하우스는 만실이었고 마치 친구 6명이 우정 여행을 온

마냥 떠들고 있었다. 그런데 이들은 모두 그날 그곳에서 처음
만났다고 했다. 나도 어느새 대화에 끼어 떠들다 보니 어느새 새벽
5시가 되었다.

그곳에는 소위 말하는 이상한 사람들이 가득했다. 1,500만
원으로 1년 반 동안 세계 여행을 하고 한국으로 귀국을 앞둔
26살 친구, 답답한 직장 생활을 그만두고 동남아만 무계획으로
2개월째 여행 중인 32살 언니, 태국 북부 치앙마이에 사는데
방콕으로 놀러온 25살 동생, 대학원을 휴학하고 제주도에서 2달
동안 지낸 뒤 세계 여행을 시작하러 방콕에 온 26살 친구, 휴가차
방콕에 왔다가 우연히 같은 방에 머물게 된 다른 사람들의
사연에 꿈같은 일이라며 감탄하는 28살 언니, 이 모든 사람을
하나로 아우르는 '동네 동장' 같은 27살 민주 언니.

직장 생활을 시작하면서 새로운 사람과 가까워지기 어렵다고
생각했다. 나이가 들수록 더욱 그렇다고 생각했다. 그런데
여행 첫날 나의 선입견이 깨졌다. 7명의 사람들은 단 두 가지의
공통분모가 있었다. 여행을 좋아한다는 것과 무언가를 간절히
원하고 있다는 것이었다. 그것만으로도 우린 마치 소꿉 시절부터
만난 친구처럼 편안한 사이가 될 수 있었다.

여기서 만난 사람들은 모두 각자의 스토리와 색깔을 가지고
있었다. 나는 생각했다. 이제부터 여행 도중에 만나는 사람들의
매력을 하나씩만 흡수해서 내 것으로 만들기만 해도, 1년 후에
난 정말 다른 사람이 되어 있을 것 같다고.

앞으로 얼마나 다양한 사람들을 만날까? 앞으로 펼쳐질 1년은 어떠할까? 그리고 1년 후에 나는 어떠한 모습이고 어떤 생각을 하고 있을까?

✿

사람이 지나치게 신중하며 의미 있는 인생을 살 수 없단다.
이제 네 인생의 여행을 떠나서 진짜 네 모습을 발견해 보렴.

– 《프린세스 다이어리*The Princess Diaries*》중에서

chapter 2

세
상
이

가
르
쳐

준

것
들

소소한 나눔의
커다란 행복

라오스 방비엥

관광 명소에 가면 곳곳에 이름과 흔적들이 새겨진 것을
심심찮게 볼 수 있다. 그 순간이 좋고, 그곳에 간 것을 기억하고
싶어서 사람들은 빼곡히 적힌 이름 사이에 자신들의 이름을
적어 넣는다. 나도 약 250폰트로 내 이름 '예술'을 크게 남긴
곳이 있다. 심지어 그곳에 여행 간 친구들이 내 이름을 알아보고
연락한 적도 있다.
"여기 라오스 맞아? 네 이름 적힌 거 보니 꼭 명동 같아."

≋

태국 다음 여행지로 선택한 라오스 방비엥. TV에서 <꽃보다
청춘>의 라오스 편이 방영된 이후로 많은 한국인이 이곳을
찾는다.
여행을 떠나기 전 라오스를 여행할 계획이라고 하자, 친구들은
TV에 맛집으로 소개된 '피픔쏭 샤부샤부'를 꼭 가 보라고
이야기했었다. 샤부샤부와 삼겹살을 동시에 먹을 수 있는
식당이라고 했다. 그 말을 떠올리며 샤부샤부집을 찾아나섰다.
그런데 방비엥은 우리나라와는 다르게 길거리에 상점 간판이
잘 보이지도, 영어로 쓰여 있지도 않아서 잔뜩 허기진 배를
부여잡고 좁은 시내를 돌고 돌아 간신히 음식점을 찾았다.
'도대체 얼마나 맛있길래 그럴까?'라며 먹기 시작했는데, 배고픈
상태인 걸 감안해도 맛이 가히 환상적이었다.

이곳의 음식 먹는 방법은 이렇다. 가운데가 볼록하게 튀어나온 불판 위에 삼겹살을 지글지글 구우면서 가장자리에는 육수와 채소를 잔뜩 넣어 샤부샤부를 곁들어 먹는 것이다. 이때 주인장이 제조한 매콤하고도 달콤한 소스에 고기를 찍어 먹으면, 이내 말을 잃고 만다. 마지막으로 가장자리에 달걀 물을 부어 계란찜까지 해 먹으니 자연스럽게 감탄이 나왔다.

"아, 한국에는 왜 이 음식이 없는 거야!"

그렇게 신나게 먹고 있는데, 누군가 다가와 말을 건넸다. 익살스러운 얼굴에 영어를 유창하게 구사하는 가게 주인, 피핌쏭이었다. 그는 조심스럽게 부탁했다.

"혹시 피핌쏭을 한국어로 써 줄 수 있어요? 한국인들이 저희 식당을 찾기 힘들어하는 것 같아서요."

나는 뭐 어려울 것이 있느냐며 흔쾌히 이름을 써 주었다. 그러면서 그와의 대화가 자연스럽게 시작되었다. 삼겹살과 샤부샤부를 동시에 맛볼 수 있는 불판을 직접 개발했다는 그는 우연히 해외에 갈 기회를 얻어 큰 세상을 볼 수 있었다고 했다. 특히 호주에 머물면서 라오스의 교육 혜택이 턱없이 부족하다는 걸 느꼈고 새로운 꿈을 꾸고 있다고 이야기했다.

"돈을 많이 벌어서 라오스에 교육 기관을 세우는 것이 내 인생 목표예요."

피핌쏭의 눈에는 열정이, 말에는 진심이 묻어 나왔다. 장난기 가득한 얼굴을 봐서는 상상이 잘 안 되지만, 그는 어릴 때 2년

동안 절에서 지냈다고 했다. 대부분의 라오스 남자들은 평생에
한 번은 승려가 되어 수행하는데 그 기간이 짧게는 1~2년, 길게는
10년 이상이라고 했다. 그는 2년 동안의 생활이 참 행복했다고
덧붙였다.

"수행하며 인생은 혼자 사는 것이 아니라 사람들과 같이 나누며
더불어 사는 것이라는 점을 배웠어요."

그의 말에 내 마음도 따스해짐을 느꼈다. 그리고 나 또한
무언가를 나누고 싶어져 고민하다가 얘기했다.

"내가 간판을 만들어 줄게요!"

원래는 다음 날 방비엥을 떠날 예정이었지만, 나는 그에게 덥석
이런 제안을 한 것이다.

≈

다음 날, 동행자인 민주 언니와 함께 피픔쏭의 가게를 찾았다.
간판을 만들어 본 적도, 무엇인가를 홍보해 본 적도 없었다.
손재주가 있는 것은 더욱 아니었다. 하지만 나는 이때 알았다.
제대로 배우지 않아도, 한국에서 살았다는 것 자체가 이미
반은 광고 전문가나 마찬가지라는 사실을 말이다. 민주 언니와
나는 TV에 방영되었던 장면을 캡처해서 붙이고, '태봉이가
추천한 맛집'이라고 적기로 했다. 간판으로 쓸 만한 것을 찾으니,
피픔쏭이 사람 하반신 길이의 노란색 간판을 주었다. 처음

호흡을 맞추었다는 것이 안 믿길 만큼, 우리는 손발이 척척 맞았다. 그렇게 5시간쯤 걸려 간판이 완성되었다. 나는 간판 밑에 내 이름을 크게 새겼다.

"정말 고마워요. 평생 샤부샤부 무제한 시식권 줄게요!"

피핌쏭은 연신 웃으며 감사해했다.

"아니에요. 대신 이 간판 평생 간직해 줘요."

"물론이지요. 내겐 잊지 못할 간판이에요."

그는 간판을 비닐로 감싼 후, 바깥에서 가장 잘 보이는 위치에 세워 놨다. 얼마간 방비엥에 더 머무는 동안 지켜보니, 그는 행여나 밤에 비가 와서 간판이 젖을까 봐 마감할 때면 다시 가게 안으로 들이곤 했다. 마치 간판을 모시다시피 애지중지하는 모습에 웃음을 감출 수가 없었다. 이 일을 계기로 아무리 작은 것도 누군가와 나누면 서로를 행복하게 할 수 있다는 것을 알게 되었다.

≈

그날 이후 나의 방비엥에서의 생활은 180도 달라졌다. 방비엥에서 가장 핫한 레스토랑을 운영하는 사장의 친구가 된 덕택이었다. 피핌쏭은 현지 가이드를 자청하고 나섰다. 현지인들만 간다는 음식점, 파티 등에 데려갔고, 많은 친구를 사귈 수 있었다. 친구들이 있기에 어디에 가든 무섭지 않았다.

방비엥을 떠나는 날, 그에게 무언가를 주고 싶었다.

"정말 받아도 되는 거야?"

"그럼, 주고 싶은 걸."

2G 휴대폰를 쓰는 그에게 친구가 챙겨 줬던 중고 스마트폰을 주었다. 그러면서 내가 듣는 한국 노래를 옮겨 주었다. '나눔의 즐거움'을 알게 된 이후, 다른 사람에게 무엇인가를 주는 것이 너무나도 좋았다.

"그 간판을 단 이후로 장사가 잘되기 시작했어. 정말 고마워."

피펌쏭은 또 놀러 오라고 했지만, 아쉽게도 다시 가지는 못했다.

≈

라오스를 다녀온 지 2년이 다 되어 가던 어느 날이었다. '간판이 분명히 낡을 대로 낡았을 텐데, 아직 그대로 있으려나?' 하는 생각으로 피펌쏭의 블로그를 찾았다. 사진 속 식당 간판은 그대로였다.

그런데 한참을 들여다보니, 뭔가 달랐다. 예전에는 가게 이름을 매직으로 썼는데, 지금은 가게 이름이 색종이로 더 간결하고 정교하게 꾸며져 있었다. 내가 바로 알아채지 못한 이유는 나머지는 그때와 똑같았기 때문이었다. "이 간판 영원히 간직해야 해!"라는 말을 잊지 않은 그의 마음이 고스란히 전해졌다.

오랜만에 그에게 연락하니 반갑게 이야기했다.

"당연하지. 평생 간직하기로 했잖아. 언제든지 놀러 와! 삼겹살 샤부샤부 맛있게 만들어 줄게."

소소한 나눔 하나로 얻은 것이 참 많은 라오스 방비엥에 가면, 내 이름이 남겨진 곳이 있다. 그리고 맛있는 음식과 함께 나를 기다리는 친구가 있다.

당연했던 것이
당연하지 않은 이유

캄보디아 시엠립

캄보디아 시엠립Siem Reap 관광에서 천 년이 넘는 역사를 품고 있는 세계적인 관광 명소 앙코르와트Angkor Wat가 빠질 수 없다. 그 다음에 관광객들이 가장 많이 찾는 곳은 아마 깜뽕블럭Kompong Plouk이 아닐까 싶다. 캄보디아의 빈민 수상 가옥촌이라는 깜뽕블럭을 나룻배를 타고 돌아보는 투어가 있었다. 갈까 말까 고민을 하다가 지금이 투어 하기 가장 좋은 시기이며, 건기의 절정인 1월만 되어도 호수에 물이 없어 배로 갈 수 없다고 하는 말에 신청했다.

물이 가득 차서 관광하기 좋다는 가이드의 안내를 들으며 간 깜뽕블럭은 상상하지 못했던 모습이었다. 화장실에 정화 시설이 없어서 용변을 보면 바로 호수에 떨어졌다. 그런데 그 누런 황톳물에 아이들은 목욕하고 아낙네들은 빨래를 하고 있었다. 나룻배를 타고 다가와 관광객들에게 물건을 파는 사람들, "1달러 1달러."를 외치며 돈을 달라고 하는 아이들이 많았다. 이곳 사람들 대부분은 베트남인으로 의도치 않게 캄보디아 내전에 연루되었다가 살아남았지만 고국에 돌아가지 못했다. 이들은 캄보디아에 거주할 자격이 없어서 물 위에 집을 짓고 산다고 한다.

"깜뽕블럭에만 살아도 괜찮은 거예요. 심지어 중산층이라고도 할 수 있어요."

나는 우연히 만난 캄보디아에서 오랫동안 살았다는 한 부부의 얘기를 듣고 놀랐다. 부부는 깜뽕블럭을 지나 이름도 없는

마을에 공부방을 열어 봉사 활동을 하고 있다고 했다. 그곳에 가
보고 싶다고 하자, 부부는 흔쾌히 나를 초대했다.

≈

다음 날, 과자를 양손 가득 들고 부부를 따라 마을에 갔다.
도착하자마자 고약한 냄새가 코를 찔러 나도 모르게 얼굴이
찌푸려졌다. 누군가에게는 삶의 터전인 곳에서 이러면 안 된다고
생각했지만, 생전 처음 맡는 냄새에 참을 수가 없었다. 이런 곳에
사람이 산다는 것이 믿기지 않았다.
관광객들로 북적였던 깜뽕블럭과는 달리 이 마을의 풍경은
황량했다. 짚과 나무, 판자로만 만들어진 집들은 바람이 세게
불면 금세라도 무너질 것 같았다. 심지어 현관문도 방문도
부엌도 없었다. 게다가 주민들은 매년 반복되는 우기를 피해
이 집을 트럭에 싣고 이사를 다닌다고 한다. 집을 옮길 수 있는
상황이 되면 다행이지만, 그럴 여력이 안 되어 우기 때 영락없이
집을 잃어버리는 가족이 대다수라고 했다. 그 순간 건기가 되기
전에 운 좋게 깜뽕블럭 투어를 한다는 말에 좋아했던 내 자신이
부끄럽게 느껴졌다.
마을에서 그나마 행색을 갖춘 곳이 있었다. 바로 부부가 만든
공부방이었다. 판자로 지은 집에 마련된 공부방에서는 15명쯤
되는 아이들이 선생님과 함께 놀고 있었다. 낡고 구멍이 송송

세상이 가르쳐 준 것들

괜찮아, 청춘이잖아

뚫린 옷을 입은 아이들이 호기심 가득한 눈망울로 나를 보며
천진난만하게 웃었다. 아이들의 미소를 보니 쓰렸던 마음이 조금
사라지는 것 같았다.

그때 한 아이가 공부방에 들어오지 못한 채 기웃거리고 있었다.
"어느 날 아이의 엄마가 와서는 화를 내고 갔어요. 하루하루
먹고사는 것도 힘든데 뭔 배움이냐며, 애를 절대로 들이지
말라고 했지요. 그때부터 저 친구는 이곳에 들어오지 못하고
있어요."

왜 아이가 들어오지 않느냐는 질문에 대한 선생님의 대답이었다.
아이의 부모에게는 배움도 사치였다. 그래서 아이는 가끔
도망치다시피 집을 나와 친구들을 부러운 눈길로 쳐다보곤
한다고 했다.

친구들과 어울리고 싶어도, 배우고 싶어도 그럴 수 없는 마음
아픈 경우가 그 아이뿐만이 아니라는 설명도 들었다. 당장
먹고살 것이 없는 그들에게는 무언가를 배우는 것보다 그날
잡는 고기로 허기를 채우는 것이 더 중요할 수밖에 없을 것이다.
한 달 평균 월급이 한국 돈으로 7만 원인 캄보디아. 하루에
1천 원만 벌어도 그래도 먹고살 정도가 된다. 그래서 이곳에는
자식에게 구걸을 시키는 부모들이 많다고 한다. 선생님의 그
말에 관광지에서 "1달러."를 외치며 손을 내밀던 아이들의
얼굴이 아른거렸다.

"처음에는 너무하다 싶었는데, 캄보디아 역사를 보면 약간은

이해가 가서 마음이 더 아파요. 혹시 킬링필드 ^{Killing Fields}에 가
봤어요?"

죽음의 들판이라는 뜻의 킬링필드는 캄보디아에서 대량
학살이 일어났던 장소이다. 캄보디아에서는 1975년부터 4년간
공산주의 정권이 농민의 천국을 만든다는 명분으로 전체 인구
4분의 1인 약 200만 명에 이르는 지식인, 교사들을 무차별적으로
죽인 끔찍한 사건이 벌어졌었다. 심지어 얼굴이 하얗고 똑똑해
보인다는 이유로 죽이기도 했다. 이 시기에 전국적으로 300여
개의 킬링필드가 있었는데, 이곳에 끌려온 사람은 누구도
다시 집에 돌아갈 수 없었다고 한다. 지금도 캄보디아 곳곳에
있는 킬링필드에는 희생자들의 유골이 안치되어 있다. 유골이
깨져 있는 경우가 많은데, 학살 당시 심지어 총으로 죽이기에
총알조차 아깝다고 망치, 농기구로 사람들을 죽였기 때문이다.
"캄보디아가 가난에서 벗어나지 못하는 가장 큰 이유는 경제를
이끌어 갈 지식인 계층이 그 시기에 모두 처형되고 없어서예요.
킬링필드 사건 여파로 교육은 중요하지 않다는 생각이
만연하지요. 학교 교사들도 무기력하더라고요."

나에게 편히 머물 집이 있다는 사실은 늘 당연했다. 부모님의
사랑과 보살핌을 받고 자라는 것도 당연했다. 배울 수 있다는

것, 학교를 다니는 것도 마찬가지였다. 만약 캄보디아 아이들이
그런 나를 보았다면, 어떤 생각을 했을까? "세상은 정말
불공평해!"라고 하지 않았을까?

세상에는 인권을 존중받지 못하고 사는 사람들이 너무나 많다.
이미 알고 있던 사실이었지만, 직접 확인하니 가슴 아팠고
한편으로는 감사했다. 그리고 세상에는 다른 사람들의 손길이
필요한 곳이 있고 나 또한 해야 할 일이 있음을 깨달았다.

서로 달라서
빛나는 사람들

미국 LA

"정말? 미국에 온다고? 다시 널 볼 수 없을 거라고 생각했어."
4년 전 교환 학생으로 미국에서 공부할 때 만났던 친구 쌤.
미국에서 처음 사귀었던 친구여서 내겐 더욱 특별하다. 한국에
돌아온 후 다른 친구들과는 페이스북을 통해 가끔 안부 인사를
묻고 했지만, 쌤과는 연락하기가 영 어려웠다. 오랜만이라 미국에
간다고 하기가 망설여졌지만, 연락을 하니 누구보다 반가워했다.
어차피 만나지도 못하는 상황이니 예의상 안부만 묻게 될 것
같고, 오히려 그리움만 커질 것 같아 일부러 연락을 피했다며
미안해하는 쌤. 여권도 없고 해외를 가는 걸 막연한 꿈처럼
느끼는 쌤은 내가 미국을 떠난 이후 다시 나를 볼 가능성은
없다고 생각했던 것 같다.
"최대한 길게 휴가를 쓸게. 지내고 싶은 만큼 얼마든지 지내도
돼!"
그간 연락두 잘 안 받던 쾌씸한 친구였지만 쌤은 내가 온다고
일주일이나 휴가를 냈다. 그리고 같이 사는 친구들에게
부탁하여 함께 지낼 수 있도록 해 주었다.

쌤은 LA 시내에서 1시간 거리에 떨어진 공군 기지 근처에 살고
있었다. 도착하니 쌤과 함께 나를 반갑게 맞아 주는 캐럴린과
윌의 활짝 웃는 얼굴을 보니 마음이 놓였다. 그들의 친구 중

하나가 한국에 미군으로 파견이 되어 있다며 호감을 보였다.
쌤이 주변에 내 자랑을 많이 해 놓아서, 감사하게도 다양한
사람들을 만나 친해질 수 있었다. 그럴 때마다 나는 이런저런
질문을 하곤 했다.

"미국에서는 보통 졸업하고 몇 살 즈음에 결혼해?"

"보통 여자들이 선호하는 직장은 어디야?"

"보통 회사 끝나고 사람들은 무엇을 가장 많이 해?"

그들의 대답은 짜 맞춘 듯이 한결같았다.

"It depends on people(사람마다 달라)."

미국 인구가 3억이 넘는데 어떻게 하나로 정의할 수 있냐는
것이다. 그리고 사람은 다 다른데, 보통의 삶이 어디 있느냐고
오히려 내게 되물었다. 머리를 한 대 맞은 듯했다. 생각을 해 보니
그랬다. 미국에서 만난 사람들은 누군가를 따라 가려고 혹은
평범하게 살기 위해 누력하는 것이 아니라 각자 '자신만의 삶'을
살아가고 있었다.

'도대체 보통의 삶이란 무엇이지?'

어느 순간 내 자신에게 질문을 해 봤다. 일반적이란 것은 없었다.
그냥 모두의 삶은 다 다른 것이다. 그런데 막상 내가 원하는
삶을 살아도 불안했다. 보통의 삶과 조금 다른 삶을 산다는 그
자체가 불안했던 것이다. '지구에 76억 명이 사람이 산다'는 건
즉 지구에 76억의 다른 삶과 다른 색깔이 존재한다는 뜻인데
말이다.

하루는 쌤이 졸업 앨범을 보여 준다며 가지고 왔다. 보통 졸업 앨범은 자신이 나온 학교 앨범이나 관심이 가기 마련이다. 각 반 학생들의 증명 사진과 단체 수학여행 사진 정도가 들어있으니까. 그런데 그가 보여 준 졸업 앨범은 흥미로움을 넘어 충격적이었다. 휘황찬란하고 우아한 드레스와 정장을 입고 있는 파티 사진 등 우리나라 졸업 앨범에서는 본 적 없는 다채로운 사진들이 가득했다. 나는 놀라워하며 사진을 하나씩 가리키면서 질문했다.

"이건 뭐야?"

"아, 만화 코스프레 파티 사진이야. 각자 좋아하는 만화 캐릭터 복장을 하는 파티인데, 난 슈렉 복장을 했어!"

"이거는 가을에 했던 유명 인사 따라 하기 파티 사진이야. 난 배트맨 복장을 했는데, 마릴린 먼로 복장을 한 짝꿍이랑 춤췄어."

쌤은 학창 시절에 오후 2시에 수업이 끝나면 학교에서 제공하는 각종 방과 후 활동을 했다고 한다. 연기에 관심 있는 사람은 뮤지컬을, 음악에 관심 있는 사람은 악기를 배우고, 다른 나라 문화 스터디 그룹을 열기도 했다고 한다.

내 고등학교 시절을 얘기하니 쌤은 매우 놀랐다. 특히 오전 8시부터 오후 10시까지 학교에 있었다는 사실에 경악을 금치 못했다. 그러면서 두 배로 더 공부한다고 해서 더 많이 아는 것도, 더 행복한 것도 아니잖느냐고 반문했다.

쌤은 어렸을 때부터 서로의 다름을 이해하고, 본인의 개성을 마음껏 표출하는 데 익숙한 듯하였다. 학생이니 무조건 '공부'하라며 강요하는 것이 아니라 다양한 '경험'을 제공하여 각자의 성향을 알 수 있게 도와주고, 서로의 빛깔을 인정해 주고 인정받는 환경에서 자란 것이다. 일주일 후 헤어질 때, 쌤은 다른 삶을 살면서도 남과 다른 것을 두려워하는 내게 이렇게 말해 주었다.

"You are perfectly fine that you are exceptional(넌 누구와도 닮지 않았기에, 그 자체로 빛나는 사람이야)."

기회란
밤하늘 별처럼 많다

미국 뉴욕, 프랩차터스쿨

'왜 미국은 강대국일까?'

제2의 고향 같은 미국을 여행하며 이 질문에 대한 답을 찾고
싶었다. 여행을 하면서 얻은 깨달음 중에 하나는 교육의
중요성이었다. 한 나라가 강대국이 되기 위한 요건에 교육이 큰
비중을 차지한다.

여러 인종이 모인 학교에서 공부뿐만 아니라 다양한 분야에서의
경험을 제공하는 미국을 보면, 각자의 적성은 뒤로한 채
공부만을 우선시하는 우리나라의 모습이 떠올라서 안타까웠다.
개성을 마음껏 표출할 수 있는 환경이 갖추어진 미국과는 달리
우리는 남과 다르게 행동하는 것을 경계하며 모두 같은 방향의
길로 가게 해서 다양성을 죽이는 것은 아닌가 하는 생각이
들었다.

≋

"뉴욕에 한국식 교육과 미국식 교육을 조화시켜서 만든 학교가
있다고?"

뉴욕 할렘 가에 있는 데모크라시프렙차터스쿨의 교장은
한국에서 원어민 교사로 일하다가 한국식 교육 방식에 감명을
받고 10년 전 학교를 세웠다고 한다. 이 학교는 할렘 가에서
80명의 저소득층과 흑인을 중심으로 운영을 시작해서 현재
6개의 공립학교로 발전했다. 게다가 여기서는 한국어가 필수

과목이었다. 도대체 미국인들이 한국 교육의 장점을 어떻게
살렸는지 궁금했다. 인터넷으로 찾은 정보로는 성에 차지 않아
직접 학교를 찾아가 담당자와 대화를 나누고, 학생들을 어떻게
가르치는지 보고 싶었다.

나는 학교 연락처를 찾아 '방문해서 인터뷰를 하고 싶다'는
취지의 메일을 보냈다. 마음을 졸이며 답변을 기다렸는데 다행히
긍정적인 회신이 왔다. 토론토에 머물고 있던 난 학교를 방문하기
위해 뉴욕으로 향했다.

≈

휘황찬란한 맨해튼에 비해 다소 으슥한 할렘 가. 하지만 학교에
들어서자 마음이 놓였다. 얼굴색이 다른 학생들이 손을 흔들며
"안녕하세요?"라고 크게 인사해 주었기 때문이다.

신기하게도 각 교실의 반 이름은 숫자가 아니었다. 연세대학교,
하버드대학교, 서울대학교 등 실제 대학교 이름이 반 이름으로
사용되고 있었다. 선생님을 만나러 왔다고 하자, 학생들은 나를
안내해 주었다.

"안녕하세요, 조이!"

담당자인 소피는 날 반갑게 맞아 주었다. 여행객들 중에서
학교를 방문하고 싶다고 연락해 온 사람은 처음이어서 오히려
자기가 더 궁금했다고 했다. 이어 그녀에게 직접 학교에 대한

이야기를 들으니 더욱 놀라웠다.

"원래 할렘 가에는 배움 자체에 뜻이 없는 학생들이 많았어요. 그런데 '열심히 노력하면 성공한다'라는 철학을 바탕으로 그들에게 새로운 목표를 심어 주었지요. 현재 졸업생 40명 전원이 대학교 2곳 이상에 합격했어요."

확실히 보통 미국 학교와는 다르게, 학생들이 공부에 집중하는 것이 느껴졌다. 매주 시험이 치러지고 대학 입시 상담실도 따로 있었다. 그리고 다른 학교보다 하교가 2시간 늦었다. 이와 동시에 학생들의 시야를 열어 줄 수 있는 재미있는 프로그램들이 갖춰져 있었다.

"매년 뉴욕에서 학생들이 한국 거리 축제를 해요. 한국 전통 놀이, 한국 음식 만들기, 한국 문화 체험 등의 행사가 있어요. 학생들이 후원을 받아 기획과 진행까지 모든 것은 직접 해요. 2천 명이 넘는 사람들이 참여하기도 하지요. 그리고 매년 학년마다 성적이 좋은 학생들을 선발해서 무료로 다른 국가에 보내 줘요. 단순한 여행이 아니라 그 나라의 문화를 깊게 체험할 수 있는 프로그램을 운영하고 있어요."

소피는 한국의 교육을 높게 평가하지만, 창의력이 부족한 것 같다고 이야기했다. 창의력은 문제 해결을 돕는 사고이자, 새로운 생각을 해내는 능력이어서 다양한 상황과 경험에 직면할 때 발달할 수 있다고 했다. 그래서 학생들이 공부뿐만이 아니라 직접 체험하며 느낄 수 있는 프로그램을 기획하며 보완하고 있다고 했다.

학교를 직접 방문하니 이곳 학생들이 멋진 인생을 만들어 나갈 수밖에 없다는 확신이 들었다. 또한 한국 교육에도 큰 장점이 있다는 걸 새삼 깨달았다.

이곳에서 나는 새로운 꿈을 꾸게 되었다. 한국 학생들이 세상을 교실 삼아 경험하고 배우는 체험형 프로그램을 기획하는 전문가가 되고 싶다는 꿈 말이다. 돌이켜 보면, 오랜 시간 내 삶의 전부였던 학교는 너무 작은 것들을 가르쳤다. 학생들이 배움을 익히는 교실은 학교에만 있는 것이 아니지 않은가. 산과 바다, 양로원, 복지 시설, 다랭이 논 등 교실 밖 세상 다양한 곳이 교실이 될 수 있다. 스승 또한 학교 교사에 국한되어 있는 게 아니다. 80살에 홀로 세계 여행하는 할아버지, 등교하려면 1시간 동안 맨발로 걸어야 하는 7살 아이, 1천 원도 안 되는 돈을 받고 30분 동안 열심히 자전거 페달을 밟는 자전거 릭샤꾼……. 세상의 많은 사람이 우리의 스승이 될 수 있다.

눈에 보이는 게
전부가 아니라서

여행을 하다 보면 '여기의 삶은 어떠할까?'라는 막연한 상상을 품게 하는 곳이 있다. 내겐 샌프란시스코가 그랬다. 1년 내내 따뜻한 기온, 도시 곳곳을 헤집는 대중교통인 트램, 영화에서 봤을 법한 구불구불한 길인 롬바드 스트리트, 둑 위에 떼 지어 있는 바다사자 등……. 시간이 지났음에도 샌프란시스코를 떠올리면 마음이 따스해진다.

그중 그 무엇보다 샌프란시스코 하면 기억나는 것은 실리콘밸리^{Silicon Valley}다. 애플, 구글, 마이크로소프트, 페이스북 등 전 세계 IT의 흐름을 주도하는 기업이 모여 있고, 이곳에서 기술을 개발하는 이들이 살고 있다.

"실리콘밸리에 취직했다고? 축하해! 룸메이트가 스탠퍼드대학교 교수고 형은 지금 구글에 다닌다고?"

여행하던 중에 미국에 갈 거라고 조나에게 연락했다. 미국 교환학생 시절 알게 된 친구 주나는 반가운 소식을 들려주었다. 시골인 미시간 출신인 컴퓨터공학도 조나는, 항상 꿈에 그리던 실리콘밸리의 회사에 취직한 것이다.

"기대해. 내가 진짜 샌프란시스코의 삶을 보여 줄게."

헬멧만큼 부풀어 수북이 쌓인 꼬불꼬불 머리가 매력적인, 순박하기 짝이 없는 조나의 모습을 떠올리니 뿌듯했다. 게다가 그저 상상만 했던 샌프란시스코의 삶을 가깝게 느낄 수 있다는 생각에 가슴이 벅차올랐다. 얼마 뒤 나는 부푼 가슴을 가득 안고 LA에서 샌프란시스코로 갔다.

≈

"저녁에 친구 회사로 놀러 가자!"

샌프란시스코에서의 첫 불금인데 웬걸, 조나는 내게 회사에 놀러 가자고 제안했다. 내가 다소 실망한 기색을 보이니 조나는 매주 금요일마다 친구 회사에서 파티를 열어주고 친구들도 갈 수 있다고 얘기했다. 도대체 회사에서 여는 파티가 얼마나 재밌길래 직원들이 금요일 저녁까지 회사에 남아 동료들이랑 놀까. 궁금해하며 조나 친구네 회사에 간 나는 이내 충격을 받았다.

"원하는 칵테일이 뭐예요?"

쭈뼛쭈뼛하며 스탠드바로 다가가니 한 남자가 말을 건넸다. 그 회사 파티만을 위해 고용된 바텐더라고 했다. 파티에는 전문 바텐더 3명이 고용되어 어떤 음료든 즉석에서 만들어 주었다. 그곳은 회사가 아닌 마치 호텔 파티장 같았다. 원래 직원 식당이라는데 한쪽에는 각종 음식과 음료가 뷔페처럼 깔려 있었고, 사람들은 클럽처럼 음악에 맞춰 춤을 추거나 탁구나 게임 등을 즐기는 중이었다. 그 옆에는 수유실, 명상실, 수면실, 샤워실이 있었다.

"와, 진짜 이 회사 너무 좋다!"라고 연신 감탄하는 나와는 달리 조나와 친구들은 별로 놀랍지도 않다고 했다.

이 회사 직원인 조나의 친구는 1주일에 3회씩 요가 선생님이 와서 요가를 가르쳐 주고, 회사에 고용된 마사지사가 직원들을

마사지해 준다고 덧붙였다. 더 인상적인 것은 이 회사가
인지도도 높지 않고 규모도 크지 않는 스타트업 회사였다는
점이었다. 그런 회사가 직원에게 이렇게 신경을 써 준다는 것이
놀라웠다.

그런데 그 이후 방문한 스타트업 회사도 별다르지 않았다.
눈에 보이는 것만으로도 회사가 얼마나 직원들에 편의를
생각하는지를 알 수 있었다.

샌프란시스코에서 놀랄 일은 또 있었다. 미국 어느 곳보다 거리에
홈리스들이 많은 것이었다.

"왜 이렇게 홈리스들이 많아?"

"날씨가 좋고 부유한 동네라 홈리스들이 샌프란시스코로
모여들었대. 최근에는 뉴욕의 날씨가 추워져서 홈리스들이
단체로 샌프란시스코로 오기도 했대."

이런 말도 덧붙였다.

"그리고 실리콘밸리에서 일하는 고소득 직장인이 늘어나고
집값이 높아지다 보니, 이를 감당하지 못해서 집을 잃게 된
사람들도 많아."

전 세계 인재들이 모인다는 실리콘밸리 인근에 있는
샌프란시스코는, 미국 내 홈리스가 많은 2번째 도시가 되었다고
한다. 고개를 뒤로 젖혀야 전체가 눈에 들어오는 높은 빌딩,
미드에서 튀어나온 듯한 화려한 비즈니스맨과 커리어우먼,
고가의 고급 차…….

하지만 이것들이 샌프란시스코의 전부가 아니었다. 쓰레기
더미와 함께 잠을 자는 홈리스, 텐트 안에서 5살도 채 안 된
아이들과 함께 구걸하는 엄마, 홈리스들이 많아 위험하니
접근하지 말라는 후미진 골목도 있었다. 지금껏 여행했던 곳
중에서 가진 자와 없는 자의 차이가 가장 적나라하게 드러났다.
점차 시간이 갈수록 샌프란시스코의 어두운 면이 보이기
시작했다.

"요즘 샌프란시스코에서 유행하는 무아지경 댄스^{ecstatic dance}라는
클럽이 있는데, 가 볼래?"

"응, 그래. 가자!"

호기심에 나는 조나를 따라갔다. 15달러의 입장료를 내고
들어온 클럽에는 규칙이 있었다. 그 규칙은 정말 새롭다 못해
특이했다.

'서로에게 절대 말을 걸지 않기'

신발을 벗고 들어가자마자 보이는 광경에 난 놀라서 한동안
움직일 수 없었다. 클럽 안의 사람들은 마치 연체동물 댄스 경연
대회를 하는 듯했다. 몸으로 표현할 수 있는, 최대한 이상한
포즈를 취하며 몸을 꺾는 사람, 아무 말 없이 서로 장풍을 쏘는
사람, 몸을 부대끼며 손은 떼지 않은 채 땅바닥에서 구르다가
갑자기 서로를 번쩍 들어 올리는 사람들.

그런데 그 정신없는 가운데 한쪽에서는 명상과 요가도 하고,
다른 한쪽에는 마사지도 받고 있었다. 아무도 다른 사람을

신경 쓰지 않았고, 어떠한 대화와 소통도 없었다. 모두 자신에만
온전히 집중하는 모습이었다. 그런데 내 눈에는 왠지 다들
외로워 보였다.

그때 조나가 했던 말이 떠올랐다. 요즘 샌프란시스코에서
커들러Cuddler 라는 새로운 직업이 유행한다는 것이었다. 커들러는
안아 주는 사람을 말한다. 그저 안아 주기만 해도 분당 최소
1달러는 받는다고 한다. 그런데 안아 주는 사람들은 대부분
예쁘고 몸매가 좋은 젊은 여성이 아니라, 몸집이 있는 푸근한
엄마 나이의 중년 여성이라는 것이다. 처음 그 이야기를 들었을
때는 그런 유행이 이해되지 않았다.

그런데 얼마 동안 샌프란시스코에서 생활하면서 왜 커들러라는
직업이 유행하는지 알 수 있었다. 과학이 발달되고 기계화된
도시인 샌프란시스코, 그곳에는 인간적인 정과 소통이 부족했던
것이다.

클럽을 나와 집에 돌아가는 길에 조나에게 조심스럽게 얘기했다.
"조나, 많은 것을 경험하게 해 줘서 정말 고마워. 그런데 난
상상했던 것만큼 이곳이 좋지는 않네. 사람 사는 느낌이 들지
않아. 왠지 로봇 세상 같아."

"사실 나도 가끔 미시간이 그리워. 샌프란시스코의 삶을
동경했었는데…… 큰돈을 벌고 사람들을 만날 기회도 많지만
왠지 혼자인 기분이야. 형이 여기 있는 게 정말 다행이지 뭐."

항상 밝고 누군가와 대화하는 것을 좋아했던 조나가 외롭다니

충격이었다. 조나는 누구보다도 생기 있고 천진난만한 아이 같기 때문이다. 겉으로는 지금의 모습이 멋져 보일지 모른다. 손잡이를 몇 번이고 돌려야만 창문을 내릴 수 있었던 중고차 대신에 조나는 이제 번쩍번쩍 빛나는 새 차를 몰고, 꼬불꼬불한 머리와 평퍼짐한 옷에서 멀끔한 머리의 깔끔한 옷차림으로 변했다. 하지만 활기로 가득했던 조나의 눈빛 속에 왠지 모를 허함과 외로움이 있었다.

그런 조나를 보며 나도 살짝 슬퍼졌다. 때로는 눈에 보이는 것이 다가 아니라는 것을, 그토록 가 보고 싶어 했던 실리콘밸리에서 나는 깨달았다.

후회는
짧을수록 좋다

에콰도르, 키토

'세상에! 내가 무슨 부귀영화를 누리려고 이러고 있지?'
여행하며 온통 이 생각으로 가득 찬 날이 있었다. 그때는 한국의
자그마치 178배가 되는, 넓디넓은 남미에 혼자 덩그러니 버려진
기분이었다.

에콰도르에서 3주를 함께한 동행과 의도적으로 헤어진
직후였다. 다시 생각해 봐도 완벽한 동행이었다. 한국인이고,
이미 에콰도르에 1년을 살아 스페인어도 수준급이고, 요리도
잘하고, 나를 잘 챙겨 주었던 따뜻한 사람이었다. 하지만 어느새
서로에게 익숙해져 편안함과 안정감에 젖게 되었다. 편하게 지낼
거면 집에 있지 왜 여행을 떠났는가? 새로운 환경에 내 자신을
온몸으로 내던지고 싶어 여행길에 오른 것 아닌가? 그리고 계속
누군가에게 의지하는 시간이 길어져 버리면, 혼자 여행을 해야
하는 순간이 왔을 때 감당하기 힘든 두려움이 몰려올 것 같았다.
이런 이유로 에콰도르 키토에서 동행과 헤어졌다. 그다음에 내겐
등껍질인 20킬로그램 배낭, 앞껍질인 8킬로그램 배낭, 그리고
중요한 물건이 들은 작은 가방만이 남았다.

≋

'그래! 에콰도르에는 오랫동안 머물렀으니 페루로 가자!'
터미널로 향하는 버스에 몸을 실었다. 여행 중에 버스를 타면
배낭을 바닥에 내려놓고 발을 가방 메는 곳에 쏙 집어넣어 걸어

괜찮아, 청춘이잖아

놓곤 했다. 그런데 퇴근 시간이라 버스는 가방을 내릴 자리도
없을 만큼 사람들로 꽉 차 있었다. 하는 수 없이 배낭을 메고
앞 배낭과 몸 사이에 옆으로 멘 가방을 껴 놓았다. 덜컹덜컹
흔들리는 그 와중에도 나는 너무 피곤한 나머지 영혼이 빠진
듯이 넋 놓고 서 있었다. 30분 정도 지나자 겨우 자리가 났다.
신나는 마음으로 자리에 앉아 가방에서 휴대폰을 꺼내려는데,
아무것도 손에 잡히지 않았다. 누군가가 천으로 된 가방을 칼로
찢어 휴대폰을 가져간 것이다. 가방에는 칼자국만 남아 있을 뿐,
아무것도 없었다.
하필이면 버스에는 나를 빼곤 외국인이 하나도 없었다. 영어도
통하지 않았다.
"남미를 여행할 때는 네 손에 있는 휴대폰은 네 것이 아니라고
생각해!"
이런 말을 수없이 들었지만, 그런 일이 내게 일어나지는 몰랐다.
터미널에 도착하자마자 서글프게 울며 경찰서를 찾아갔다.
경찰서에서도 영어가 통하지 않았다. 짧은 스페인어로 더듬더듬
말하려고 하면 할수록 더욱 답답하고 슬펐다. 경찰관들에게는
휴대폰 하나 잃어버린 동양인의 상황이 그다지 놀랍지도 않은
일처럼 보였다. 갑자기 그곳 사람들이 다 도둑 같아 보였다.
보험 신청을 위해 번역기를 사용해 가며 겨우 진술서를
작성했다. 그리고 컴퓨터를 잠시 쓰겠다고 양해를 구한 다음,
에콰도르를 빨리 벗어나자는 마음으로 30시간이 걸리는

페루 와라즈에 있는 숙소를 알아봤다. 잠시 뒤 볼일을 마치고
울적해하며 경찰서를 나서는 나에게 한 경찰관이 초코바를
건네며 얘기했다.
"미안해, 좋은 일이 일어날 거야."
위로는 고마웠지만, 그래도 빨리 이곳을 뜨고 싶었다.
누구와도 얘기하고 싶지 않았고, 그냥 모든 것이 다 싫었다.
그 길로 버스에 몸을 실었다. 키토에서 과야킬까지 8시간을,
또 11시간을 달려 페루 피오르까지 갔다. 이어서 4시간 동안
버스를 기다리면서 노트북을 충전하고, 다시 6시간을 이동해
뚜루히오에 도착하기까지 끊임없는 버스 여행의 연장선이었다.
분노와 무기력감에 휩싸여서 몰랐는데 생각해 보니 미국에서도
휴대폰을 도난당한 적이 있었다. 당시에도 여행을 그만두고
싶을 정도로 힘들었지만, 이후의 좋은 경험들이 그때의 안 좋은
기억을 덮어 주었다.
얼마나 바랐던 여행인데, 수많은 것을 포기하고 돈과 시간을
써 가며 떠난 길인데 그깟 휴대폰 하나 잃어버렸다고 부정적인
감정에 붙잡혀 있는 걸까. 안 좋은 생각에 집중할수록 힘들고
우울해질 수밖에 없는 것을 너무나 잘 알기에 스스로에게
주문을 걸기 시작했다. 분명히 휴대폰이 없어진 건, 이유가 있을
거야. 휴대폰에 대한 집착을 버리고 조금 더 아날로그적으로
살라고 하는 신의 뜻은 아닐까? 어차피 내가 가장 소중히 여기는
것을 잃어버렸으니 더 두려울 것도 없었다.

난 안 좋은 일이 일어날 때마다 여행을 게임이라고 여기기로
했다. 여행하면서 내 편과 나에게 유리한 아이템이 나올 수도
있지만, 난관과 적과 맞서야 할 때도 있다. 여행뿐만 아니라 삶도
그렇다. 그래서 안 좋은 일, 두려움에 좌절하지 말고 레벨업을 할
기회라고 생각하면서 나만의 게임을 시작했다. 그리고 그것을 꼭
기록으로 남겼다.

'휴대폰을 도난당하고 혼자 30시간 이동하기.'

'추위와 고산병을 극복하고 안데스 산맥에서 3일 동안 캠핑하기.'

남미 여행을 하며 내 레벨업 리스트는 하루에도 몇 개나
기록되곤 했다. 당시에는 감당할 수 없을 정도로 힘들었지만
시간이 지나 리스트를 읽을 때쯤에는 그만큼 내가 강해졌음을
알 수 있었다. 그리고 놀랍게도 그것이 추억이 되어 웃게 해
주기도 했다.

어떤 일이 일어난 데에는 이유가 있을 거라고 생각한다. 그리고
결국 지나고 나면 아무 일이 아니라는 것도 안다. 그래서 지금도
난 안 좋은 일이 일어날 때마다 외친다.

"오케이, 레벨업 해야지!"

누구나
자신만의 속도가 있다

볼리비아 라파즈 데스로드

"결국 우리의 종착점은 같으니까, 절대 서두르지 마!"
데스로드, 죽음의 길목에 들어서기 전 가이드가 충고한 말이다.
세상에서 가장 위험한 도로라고 불리는 데스로드는 볼리비아
안데스 산맥의 융가스 계곡을 잇는 도로다. 나는 이곳 해발
4,700미터에서 1,100미터까지 총 64킬로미터를 5시간가량
MTB산악자전거를 타고 내려오는 투어에 참가했다. 초반 20퍼센트는
아스팔트 포장길이지만 나머지 80퍼센트는 울퉁불퉁 자갈이
깔린 비포장길이다. 게다가 옆에 난간도 없어 자칫 잘못하면
낭떠러지로 떨어질 수 있다.
"남미에서 가장 기대되는 곳이 어디예요?"
"볼리비아 우유니 사막이요! 물이 찬 우유니 사막에서 인생 샷을
남기고 싶어요."
대부분의 한국 사람들은 우유니 사막을 보기 위해 볼리비아를
방문한다. 하지만 내가 볼리비아 여행에서 가장 기대했던 것은
우유니 사막으로 가는 길목에 있는 행정 수도 라파즈에 있는
데스로드 투어였다. 자전거 세계 일주를 꿈꿀 정도로, 자전거를
타는 것은 나의 특기이자 취미다. 그리고 겁도 없이 데스로드에
도전할 수 있는 이유가 내게는 있었다.

≋

3년 전, 징검다리 연휴를 이용해 입사 이래로 가장 긴 4일간의

휴가를 보냈다. 직장 생활 9개월 만에 얻은 긴 휴가였다. 알차게
보내고 싶은 마음이 굴뚝같았다. 무엇을 할지 고민하면서
이것저것 찾던 중에 눈에 들어온 것이 있었다. 바로 '함백산 연합
MTB 대회'였다.

마침 휴가 기간에 딱 MTB 대회가 있다니. MTB를 타 본
적은 없었지만 항상 마음은 있었다. 그래서 고민 없이 바로
신청했는데, 장비 대여에 대한 안내가 전혀 없었다. 나는 주최
측에 전화를 걸었다.

"안녕하세요? 25살 직장인 김예솔입니다. MTB 대회에 참가하고
싶은데, 자전거랑 장비 다 빌려주시는 거죠?"

"네? 당연히 모든 장비는 가지고 오셔야 합니다."

"저 MTB가 없어요."

"그럼 어떤 자전거가 있으시죠?"

"바구니 달린 분홍색 자전거가 하나 있어요."

"MTB를 탄 지는 얼마나 되셨죠?"

"한 번도 타본 적 없는데요?"

"허허……."

난 MTB에 관심 있는 사람들끼리 자전거를 빌려서 같이 타는
작은 대회라고 생각했었는데 그게 아니었다. 전국 곳곳의
자전거쟁이 500명이 각자의 자전거를 가지고 모여, 국내 산
중에서 6번째로 높은 해발 1,572미터 함백산의 35킬로미터
구간을 등반하는 큰 대회였던 것이다.

뜬금없이 아무 경험도, 장비도 없는 사람이 전화해서 참여하고
싶다고 하니 주최 측은 얼마나 당황했을까? 그런데 돌아온
대답이 예상 밖이었다.

"행사 전날 저녁에 오세요. 다른 건 걱정 마세요. 저희가 다
해결해 드릴게요."

"정말요? 감사합니다."

베푸시는 선처를 넙죽 받기로 했다. 그리고 기대를 품고
태백으로 갔다. 그곳에 계신 부모님뻘 되는 대회 관계자 분들은
손뼉을 치면서 나를 따뜻하게 반겨 주셨다.

"젊은 처자가 참 적극적이고 당돌하네."

도리어 나를 좋게 봐 주신 것이다. 마치 나를 딸처럼 대하셨고,
먹여 주고 입혀 주고 자전거도 빌려 주고 심지어 깜깜한 저녁에
뒷산에서 자전거 훈련도 일대일로 시켜 주셨다. 잠자리 또한
마련해 주셨다.

행사가 열리는 그다음 날!

"완주할 생각하지 마, 절대! 초보가 완주한 적은 단 한 번도 없어.
차가 항상 뒤에 있을 거니깐, 힘들면 차 타고 내려오면 돼."
대회 관계자 분들은 나에게 말씀하셨다.

나 또한 완주할 엄두가 나지도 않았다. 혹여라도 무리하다
자칫 브레이크를 잘못 잡으면 뼈가 부러진다느니 옥수수가 다
날아가 버릴 수도 있다는 등 무서운 사례를 여러 차례 들었기
때문이었다. 그리고 나로 인해 행사에 차질이 생길 수도 있다는

생각에 더 조심스러웠다.

대회가 시작되자 나를 딸처럼 예뻐하시던 50대 초반 주디님 그리고 유의태 아저씨가 발벗고 나서서 도와주셨다. MTB를 10년 넘게 탄 실력자들이라 누구보다 빨리 달릴 수 있고 그래서 이 대회를 기대하셨던 분들이었다. 하지만 주디님은 앞에서 내 속도에 맞추어 천천히 날 이끌어 주셨고, 유의태 아저씨는 뒤에서 나를 든든하게 지키며 따라오셨다. 다른 사람들이 우리를 앞서 나가도 오로지 나의 속도에 온전히 맞추어 주셨다. 정상에 다다르기 전 가파른 길을 올라갈 때와 울퉁불퉁한 산길을 내려올 때는 두려움과 체력의 한계를 느꼈지만, 그분들 덕분에 완주할 수 있었다.

어려움을 극복하고 나니, 사람이 목표하면 못할 게 없다는 생각과 자신감이 생겼다. 그때의 경험은 데스로드를 도전할 수 있는 원동력이 되었다.

봉고차를 타고 데스로드로 향하는 길.

프랑스 아저씨, 20대 중반쯤 되는 일본 여자 2명, 갓 대학생이 된 네덜란드 여학생 2명, 가이드 2명, 그리고 나는 한 팀이 되어 봉고차에 몸을 싣고 2시간을 달렸다. 우리는 세상에서 가장 악명 높은 도로라는 죽음의 길을 함께 달리는 것만으로도

마치 한솥밥을 먹는 가족과 같은 유대감이 형성되었다. 프랑스 아저씨는 10년 넘게 MTB를 탔다고 했다. 네덜란드 여학생들은 자전거는 많이 탔지만 MTB는 처음이라 조금 긴장된다고 이야기했다. 그렇게 대화를 나누며 덜컹덜컹 좁은 절벽 길을 올라 이내 해발 5,300미터에 도착하였다.

가이드에게 주행 계획과 주의 사항을 들은 후, 드디어 출발했다. 난 뒤에서 두 번째로 출발했는데 앞에는 프랑스 아저씨, 뒤에는 일본 여자들이 있었다.

출발할 때는 미소밖에 나오지 않았다. 하고 싶었던 것을 해냈다는 뿌듯함과 내리막길을 내려오는 스릴을 느낄 수 있었다. 눈앞에는 구름이 산을 덮은 절경이 펼쳐졌다.

그런데 기쁨도 잠시, 앞에 가던 프랑스 아저씨가 삐끗해서 굴러 넘어졌다. 아저씨는 어깨에 큰 통증을 호소하며 일어나지 못했다. 가이드는 왼쪽 어깨뼈에 금이 갔다는 판단을 하고, 구급차를 불렀다.

10년 동안 MTB를 탔다고 한 아저씨가 구급차에 실려 내려가자, 두려워지기 시작했다. 왜 사람들이 데스로드라고 하는지 이해가 되었다. 갑자기 자칫 방향을 잘못 틀면 떨어질 수 있는 낭떠러지가 시야에 들어왔다. 안 다치고 안전하게 내려가게만 해 달라는 간절한 기도가 절로 나왔다. 나는 이를 꽉 물고, 핸들을 굳게 쥐어 잡고 내려갔다. 그런데 MTB 처음 타던 네덜란드 여학생들이 나를 앞서갔다. 심지어 일본 여자들도 날 앞질렀다.

앞서가는 그들을 보니 신경이 쓰였다. 더는 아름다운 풍경도
보이지 않았고, 데스로드 투어도 즐겁지 않았다. 그렇게 혼자
고군분투하며 앞서간 이들을 따라잡으려 애쓰다가 문득
가이드가 한 말을 떠올렸다.

"결국 우리의 종착점은 같으니까, 절대 서두르지 마!"
대체 무엇을 위해서 나는 그들을 따라잡으려고 하는 걸까.
어차피 우리 모두의 목적지는 같은데 말이다. 각자의 역량과
속도는 다를 수밖에 없다. 누군가가 나를 앞지른다고, 내가
뒤처진다고 서두르거나 조급해할 필요는 없다. 또 조금
앞서간다고 자만할 이유도 없다. 나만의 속도로 나아가는 길에
집중하면 되는 것이다.

곧 나는 내 페이스를 유지하며 자전거를 타기 시작했다. 그러다
보니 마음에 평온이 찾아오고 주변의 아름다움이 다시 보이기
시작했다. 그리고 투어에서 비록 가장 늦었지만 나만의 속도로
행복하게 종착점에 도달할 수 있었다.

인생에서 가장 중요한 것은 무엇일까? 우리는 모두 '행복'이라는
정거장들로 가득한 삶을 거쳐 '죽음'이라는 종착역에 갈 것이다.
결국 모두의 목적지는 같다. 그렇다면 다른 사람과 비교하지
말고 각자 자기 속도대로, 리듬대로 자기의 길을 갈 때, 큰 행복이
찾아오는 게 아닐까?

※

조급해하지 말아요. 시기하지 말아요.

각자 갈 길이 있고 우리도 언젠가 그곳에 도달할 거예요.

빨리 가는 게 좋은 것만은 아니잖아요.

천천히 가도 괜찮아요.

오늘이 인생에서
가장 젊은 날

에콰도르

나는 《원미동 사람들》이라는 책에 애정을 가지고 있다.
원미동은 내가 태어난 곳이자, 유치원 졸업 때까지 할머니와
함께 산 곳이다. 당시 작은 방에서 여러 식구가 함께 살면서
할머니와 깊은 정이 들었다. 그래서 할머니는 내게는 제2의 엄마
같은 존재이다.

"아이고, 우리 공주님 왔어?"

할머니 댁에 놀러갈 때면, 할머니는 버선발로 대문 앞까지 나와
반겨 주신다. 그리고 어김없이 직접 담근 메주로 보글보글 끓인
된장찌개와 계란찜을 해 주신다. 집에 갈 때면 나오지 마시라고
늘 얘기해도 허리가 굽은 할머니는 3층에서 한 걸음 한 걸음
내려오셔서 내가 안 보일 때까지 손을 흔들어 주신다.

부모님을 제외하고 할머니만큼 나를 잘 아는 사람이 있을까?
할머니는 내가 몇 킬로그램으로 태어났는지, 돌 때는 얼마나
울어 댔는지, 어떤 음식을 좋아하고 싫어하는지, 심지어 몸
어디에 점이 있는지까지 다 알고 계신다. 그리고 놀랄 만큼
함께한 추억을 생생하게 기억하신다.

이에 비해 난 할머니에 대해 얼마나 알고 있을까? 할머니의
젊은 시절은 어떠했는지, 어떤 사랑을 했는지, 무엇을 좋아하고
싫어하는지조차도 잘 알지 못한다. 어렸을 때부터 할머니는
내게 할머니였고, 내가 다 큰 어른이 된 지금도 할머니는 여전히
할머니다. '할머니'라는 존재에 가려, 단 한 번도 '최안순'이라는
사람의 삶을 궁금해한 적이 없었다. 어쩌면 난 할머니보다

친구나 연예인들에 대해 더 잘 알 수도 있다.

≈

에콰도르에서였다. 한번은 터벅터벅 길을 걸어가는 원주민
할머니와 눈이 마주쳤다. 깊게 패인 주름, 빛바랜 머리카락에서
세월의 흔적이 고스란히 느껴졌다. 하지만 멀리서 보면, 20대로
착각할 수도 있을 정도로 화려한 차림이었다. 할머니는 화려한
목걸이로 목을 칭칭 감고 팔찌를 차고 레이스 달린 흰색
블라우스와 알록달록한 긴 치마로 온몸을 감싸고 있었다.
슬리퍼를 질질 끌며, 손으로 빨아서 해지다 못해 구멍이 숭숭
뚫린 티셔츠 쪼가리 걸치고 있는 내 모습과는 대조되었다. 순간
그 할머니가 내가 살아온 것보다 3배의 시간을 더 살았더라도,
마음만은 더 젊을 수도 있겠다 싶었다. 예뻐 보이고 싶은 여자의
마음은 나이에 관계없을 수 있겠다는 생각도 들었다.
그리고 궁금해지기 시작했다. 할머니, 할아버지들은 젊었을
때 어떤 삶을 살았을까? 그들 모두 각자의 삶에서 빛나는
순간을 몇 번씩 가져 보았을 것이다. 그런데 상상조차 되지
않았다. 그들에게도 나와 같은 '청춘'이 있었을 것이라는
생각을 하기란 쉽지 않았다. 처음부터 그들은 내게 할머니였고
할아버지였으니까.
오지 않을 것 같았던 20대 후반이 내게도 훌쩍 왔듯이, 내가

만약 40년 후에 할머니가 된다면 어떠할까? 어떤 할머니는 인스타에서 팔로잉 300k를 찍었던 SNS 스타일 수 있다. 어떤 할아버지는 버스를 끌고 전 세계에 김치를 알린 여행가, 어떤 부부는 30대 젊은 날에 자유를 갈망하며 회사를 그만두고 자전거로 세계 여행을 했을 수도 있다. 또 어떤 사람은 1년 만에 공무원 시험에 합격한 9급 공무원, 대학교를 졸업하기도 전에 대기업에 합격한 유망한 사원일 수도 있다. 어찌 됐건 우리는 세월의 흐름을 이길 수 없다. 내 나이대의 사람들도 누구나 40년쯤 후에는 할머니, 할아버지가 된다.

"그때가 좋았어!"

고등학교 친구들을 만나면 학창 시절을 회상하며 한번쯤 하는 말이다. 삼삼오오 책상에 둘러앉아 급식을 먹었던 기억, 저녁 시간에 몰래 담을 넘어 떡볶이를 먹었던 기억, 칠칠하지 못하게 떡볶이 국물을 얼굴에 묻혀서 선생님에게 걸렸던 기억, 시끌벅적한 교실에서 말뚝박기했던 기억, 그리고 만나면 뭐가 그리도 재밌었는지 복통을 일으킬 정도로 깔깔대고 웃었던 기억까지. 분명히 긴 야간 자율 학습을 싫어하고 성적이 잘 나오지 않아 힘들었던 적도 있었다. "아, 지겨워. 빨리 어른이 되고 싶어!"라고 외치기도 했다. 그런데 시간이 한참 지나니 그 소소한 것들이 소중한 추억이 되었다.

지금 이 순간이 내 인생에서 가장 젊은 날이다. 먼 미래의 내가 지금의 나를 본다면, 어느 것 하나 소중하지 않은 날이 없을

것이다. 어느 것 하나 예쁘지 않은 모습도 없을 것이다. 지금은
젊다는 그 하나만으로도 찬란한 꿈을 꿀 수 있다. 그럴수록
내 인생에서 가장 젊고 예쁜 날인 지금을 더 잘 보내야겠다는
생각이 들었다.

언젠가 나는 할머니와 나란히 누워 손을 꼭 잡고 물어볼 것이다.
"할머니, 할머니의 20대는 어땠어요?"

☼

젊을 땐 모든 게 아주 가까이 있는 것처럼 보여, 미래니까.
하지만 늙으면 아주 멀리 있는 것처럼 보이지, 과거니까.

- 영화 <유스Youth> 중에서

여행길에서
가장 버려야 할 것

쿠바 아바나

새로운 국가에 갔을 때 새로운 음식, 새로운 문화에 익숙해지는
데 시간이 걸리는 것은 자연스러운 현상이다. 사람마다
적응하는 것이 빠를 수도, 더딜 수도 있지만 수십 년간 한
나라에서 살아 온 사람이 단번에 다른 환경에 적응하기란 여간
어려운 일이 아니다. 그 사실은 회사에서 외국인 직원들이
한국에 잘 정착할 수 있게 컨설팅하는 일을 하면서 더욱
실감했다. 그런데 이해하고 넘기기에는 다소 불쾌한 경험을 한
적이 있었다.

NGO 단체에서 일할 때였다. 독일에서 한국으로 3개월 동안
봉사활동을 하러 온 기특한 20살 친구를 만났다. 한국뿐 아니라
아시아 국가에 처음 왔다는 말에 어떤 음식을 대접할지 고민을
하다가 비빔밥을 먹기로 하고 유명한 식당에 예약을 했다.
신발을 벗고 들어가 앉는 좌식 문화부터 신기해하던 꺼뜨리나.
그녀에게 유럽과 한국의 음식 문화의 다른 점부터 시작하여
외국인들이 늘 극찬하는 반찬 무한 리필과 물 무료 제공까지
신나게 설명했다. 그리고 성심성의껏 비빔밥의 재료와 먹는
방법도 알려주었다.

하지만 음식이 나온 후 나는 불쾌한 표정을 감출 수 없었다.
그녀는 그저 비빔밥 속의 다른 재료는 옆으로 치우고 밥과
계란만 먹는 것이 아닌가.

"한번 먹어 봐! 먹고 입맛에 안 맞으면 안 먹더라도. 시도해 보지
않으면 평생 이 맛을 모르는 거잖아."

"사실 한국 음식을 먹어 본 친구 몇 명이 한국 음식이 맵고 맛이 없다고 했어."

이후로도 그녀는 한국 음식과 거리를 두었다. 직접 겪어 보지도 않은 채 단정하고 시도조차 하지 않은 것이다.

≈

"조심해, 쿠바 사람들은 다 사기꾼이야!"

"쿠바 사람들 절대 믿지 마!"

쿠바를 가기 전에 귀가 따갑도록 많이 들었던 말이었다.

"특히 쿠바 사람들이 음식점에 같이 가자고 하면 절대 가지 마. 이미 주인이랑 짠 다음, 말도 안 되게 큰돈을 내게 하거든."

도대체 쿠바 사람들이 어떻길래 이럴까 싶어서 나는 호기심 반 두려움 반으로 쿠바로 향했다.

쿠바 아바나를 도착한 첫날, 적잖이 놀랐다. 그곳은 제3세계 같았다. 인터넷이 안 되니 완전히 아날로그적인 삶을 살아야 했다. 아바나 센뜨로에 있는 한 까사가 아지트가 되었다. 약속 시각을 정하면 무작정 그곳에서 기다려야 했고, 사람을 만나고 싶으면 그곳으로 가야 했다. 메시지를 남기고 싶어도 그곳에 가야 연락할 수 있었다. 초등학교 시절처럼 아니 그때보다 더 옛 시대를 경험하는 것 같았다. 전쟁이라도 겪은 듯한 허물어진 건물과 지나간 세월을 알리려고 일부러 꾸며놓은 듯한 낡은 건물들, 그 건물들과 한껏 잘 어울리는 올드카가 거리를 메웠다.
올드카는 내부도 올드해서 쿠션도 없고 스펀지도 다 터져 나와
거친 속살을 보여 주었다. 그런데 더욱 나를 놀라게 한 건 쿠바
사람들이었다.

후미진 골목을 지나가면 여기저기서 "어이, 귀여운 아가씨(chica
rinda)!"라는 소리가 들려왔다. 무슨 표현의 자유가 그리도
넘쳐나는지 웃통 벗은 아저씨부터 흰머리 희끗희끗한
할아버지까지 눈빛을 보냈다. 찡그린 얼굴로 쳐다봐도 절대
개의치 않고, 사랑하는 남녀가 헤어지고 나서 돌아보며 서로에게
키스를 날리듯 '쪽쪽' 소리를 내며 입술박치기를 선사했다.

능구렁이 같은 쿠바 사람들에게 지칠 대로 지친 나는 사람들을
피하며 다니다 어느 누군가의 인사에 발길을 멈추게 되었다.

"안녕?"

사슴 같은 눈방울에 레게 머리를 하고 있는 후안. 영어두
유창하고, 대화를 하면 할수록 괜찮은 친구라는 생각이 들었다.
이것저것 신나게 이야기를 하는데 갑자기 후안이 말했다.

"날씨도 더운데 우리 어디 들어가서 커피 마실래?"

순간 쿠바 사람들은 다 사기꾼이라고 했던 말이 떠올랐다.

"아니, 나 약속 있어서……."

순간 거짓말이 튀어나왔다. 그렇게 얼버무리고 다음에 만나자며
약속 시간과 장소를 정하고 헤어졌다. 하지만 난 약속 장소에
나가지 않았다. '쿠바 사람들 = 사기꾼'이라는 공식이 어느새 내

머릿속에 자리 잡아 그 생각을 벗어나기가 힘들었다.

≈

이후 3주 동안 쿠바의 다른 지역을 여행하고 다시 아바나로
돌아왔다. 그간의 여행을 통해 처음 아바나에 도착했을 때와는
180도 다른 마음이었다. 따뜻한 쿠바 사람들을 많이 만났고,
역시 세상 어디나 좋은 사람들이 있다는 것을 다시금 깨달은
후였다. 쿠바를 떠나기 아쉬운 마음을 달래며 쿠바 사람들이
사랑하는 말레꼰 비치를 걷고 있는데, 우연히 후안을 다시
만났다.

"어, 후안!"

"안녕?"

후안은 반가워하며 그때 왜 약속 장소에 나오지 않았냐고
물었다. 난 사실대로 얘기하며 사과했다. 그러자 후안이
이야기했다.

"너는 다른 나라를 가고 싶으면 그곳을 인터넷으로 찾아볼 수도
있고, TV로 볼 수도 있잖아. 심지어 여행도 갈 수도 있고."

"응, 그렇지."

"우린 그러지 못해. 이렇게 관광객을 만나지 않고서는 다른
나라를 알 수 없어. 그런데 우리가 다가가면 피하는 사람들이
많아서, 사실 속상해."

그 말을 듣고 너무 미안해서 한동안 어떤 말도 할 수 없었다. 그들에게는 외국인과의 만남 하나하나가 세상과 연결되는 거였다. 그런데 난 겪어 보지도 않고 혼자 단정하며 선을 그었던 것이다. 마치 한국 음식은 안 맞는다며 한 번도 먹지 않은 독일 친구처럼. 여행길에서 가장 버려야 할 것은 편견과 선입견이라는 걸 후안을 통해 깨달았다.

괜찮아, 청춘이잖아

겪어 보기 전에는

모로코

세계 여행을 떠나기 전, 가장 가고 싶은 대륙이 아프리카였다. 하지만 마침 에볼라 바이러스가 유행하는 바람에 눈물을 머금고 아프리카는 여행 후반에 가기로 어렵사리 결정을 했다. '중남미 여행을 마치고 아프리카에 넘어가면 그때는 에볼라가 잠잠하겠지?'

원래 중남미 여행을 끝내고 내 로망의 대륙인 아프리카로 넘어갈 계획이었다. 그런데 예상치 못하게 여행이 길어져 어느새 반년이라는 시간이 지나갔다. 동시에 고생은 그만하고 싶다는 생각이 들었다. 지칠 대로 지친 몸과 마음을 이끌고서는 내가 그토록 바라던 아프리카를 흠뻑 느끼지 못할 것 같았다. 그래서 아프리카는 다음에 가기로 하고 유럽을 여행하기로 마음먹었다. 유럽을 가기 위해서 가장 저렴한 항공권을 알아보니, 모로코를 경유하는 항공권이 있었다. 부끄러움을 무릅쓰고 고백하건대 그때까지 난 '모로코'라는 나라가 아프리카 대륙에 있는 줄도 몰랐다. 아쉬운 대로 모로코라도 들르자는 생각으로 일단 모로코에 2주 동안 머물기로 했다. 이때 모로코에 대해 알아봤지만 정보도 많이 없었고, 중남미를 떠나는 아쉬움을 추스르느라 정신도 없었다. 그저 남미를 여행하며 갖게 된 '뭐, 어떻게든 되겠지.'라는 배짱으로 난생처음 아프리카 그것도 아랍 국가인 모로코로 떠났다.

그렇게 가벼운 마음으로 간 모로코 여행은 충격과 반성의 연속이었다. 그때까지 모로코에 대해서는 별 관심도, 아는 것도 없었다. 아랍 국가에 대한 편견만 있을 뿐이었다. 그런데 모로코 곳곳을 돌아다니면서 천사 같은 모로코인들을 만났고, 내가 얼마나 잘못된 편견을 품고 있었는지 깨닫게 되었다.

≈

상파울루에서 모로코로 가는 비행기를 기다리면서, 모로코에 도착해 시내까지 같이 갈 사람을 구하자는 생각으로 주위를 둘러봤다. 모로코로 해외 출장을 가는 듯한 멀끔한 차림의 사람이 있어서 말을 걸었다. IT업계에서 일한다는 렉은 휴가를 내고 2주 동안 브라질 여행을 즐기고 집으로 돌아가는 길이었다. 영어를 유창하게 구사하는 렉은 프랑스에서 2년 동안 유학했다고 한다. 그런데 알고 보니 렉은 모로코인이었다.
"프랑스로 유학을 갔었다고?"
이 친구는 정말 부잣집 아들이겠구나 싶었다. 그때 렉은 모로코에서 프랑스로 유학을 가는 사람들이 많다고 이야기했다. 여러 아프리카 국가가 프랑스의 지배를 받았던 건 알았지만, 모로코인이 프랑스로 유학을 가고 남미 여행을 한다는 사실이 놀라웠다. 마침 공항에는 렉의 삼촌이 마중을 나왔고, 감사하게도 그는 예약된 내 숙소까지 30분 넘는 거리인데도 나를 데려다 주었다. 그리고 헤어지면서 자신은 마라케시에 있을 테니 올 때 꼭 연락하라는 말을 남겼다.

'이런 사람을 만나다니 참 행운이구나.'

"곤니찌와! 곤니찌와!"
날씨도 덥고 메고 있는 가방도 무거워 헉헉거리고 있는데,
사람들은 나를 보며 일본어로 인사를 건넸다. 내 눈에는
아랍어가 지렁이처럼 보이고, 길을 찾기 어려워서 숙소를
물어보면 하나같이 돈을 요구하는 바람에 무척 지쳐 있었다.
마라케시 광장 근처에 있다는 숙소로 향하는 길이었다.
마라케시 광장은 각종 페트병을 모아 놓고 낚시를 하는
사람부터 온갖 물건을 파는 사람까지, 이제까지 내가 본 광장
중에 가장 정신없었다. 인파를 뚫고 겨우 숙소를 찾아서 짐을
놓고 숨을 돌렸다.
그러고 나서 숙소를 나와 근처 식당으로 가서 모로코 전통
음식이라는 쿠스쿠스를 시켰다.
밥을 먹으려는데 옆 테이블에 앉은 여자 2명이 날 보고
수군거렸다. 20살도 안 돼 보이는 어린 친구들이었다. 새하얗고
예쁜 얼굴에 미소를 가득 머금은 호기심이 가득한 얼굴에
흰색 티셔츠에 청바지를 입은 세련된 복장이었다. 날 보고
한국인이냐고 묻더니 그렇다는 내 대답에 환호성을 질렀다.
"나 한국 정말 좋아해!"
어느 나라 사람이냐고 물으니 모로코인이라고 했다. 영락없이
유럽인이라 생각했는데 속으로 놀랐다. 아랍 국가의 여자들은

괜찮아, 청춘이잖아

무조건 히잡을 입는 줄 알았기 때문이다. 이 친구들은 케이팝을 사랑하는 모로코인이었다.

"한국 사람은 처음 봐! 정말 만나 보고 싶었어. 밥 먹고 뭐해? 혹시 괜찮으면 내가 마라케시 보여 줄게!"

그렇게 난 한국인이라는 이유 하나만으로 모로코의 '개인 가이드'와 동행하는 행운을 누렸다. 동남아, 북미, 중남미를 여행하면서 케이팝이 내가 생각한 것보다 훨씬 인기가 많다는 것을 실감하긴 했었다. 하지만 내게 모로코라는 나라가 생소한 만큼, 모로코 사람에게 한국도 생소할 것이라 여겼기 때문에 꽤 놀랐다. 그런데 이 친구는 한국말도 할 줄 알고 심지어 한국 이름으로 만든 페이스북 계정도 있었다. 이토록 한국에 관심이 많은데 한국 사람들을 만날 기회가 없어서 무작정 페이스북에서 교류를 하고 있다고 했다.

케이팝에 관심 많은 소녀뿐만 아니라 모로코에는 참 따뜻한 사람들이 많았다. '손님이 왕'이라며 집에 놀러 갔더니 아프리카 전통 음악을 연주해 주면서 민트티를 건네는 베르베르족, 버스에서 우연히 만났는데 온종일 동네를 구경시켜 준 친구, 내가 만난 이들은 자신들의 나라에 온 손님이라는 이유만으로도 나를 따뜻하게 대해 주었다. 알고 보니 이슬람 문화에는 손님을 후하게 대접하는 풍습이 오래전부터 있었다. 접대문화는 이슬람 세계 곳곳까지 퍼져 있으며, 이슬람인이라면 미덕이자, 지고한 의무로 여긴다고 한다. 이곳에 오지 않았으면 절대 알지 못했을 따뜻한 손님 접대 문화를 경험할 수 있었다.
모로코는 사람뿐만 아니라 어느 것도 규정지을 수 없는 아랍
국가이자 아프리카 국가였다. 바다에서 히잡을 입고 수영하는
여자도 있고, 세련되게 차려입고 명품으로 도배한 사람도
있었다. 몇 백 년 전으로 돌아간 것 같은 느낌을 주는 구시가지도
있고, 각종 외제 차, 명품 쇼핑몰, 호텔이 즐비한 신시가지도
있었다. 일을 하다가도 기도 시간이 되면 상점 문까지 닫아
놓고 기도하러 가는 사람들이 있는 반면에 대마초에 정신 팔린
젊은 애들도 있었다. 눈만 빼고 모든 것을 히잡으로 다 가린
여자들도 있지만, 히잡을 입고 성매매에 종사하는 여자들도
있었다. 진흙으로 만든 집에서 전기도 없이 살아가며 비가 올
때마다 매번 집을 다시 새로 지어야 하는 사람이 있는 반면에
방이 10개인 3층 집에 살면서 이탈리아 음식을 즐겨 먹는 사람도
있었다. 가죽 염색 재료에 쓰이는 비둘기 똥을 모으고 하루에
15달러를 받는 가난한 사람들도 있고, 유럽으로 여행 다니는
사람들도 있었다.

사실 중동, 이슬람하면 나도 모르게 테러리스트, 일부다처제와
같은 부정적인 정보들이 먼저 떠올랐다. 그런데 모로코를
여행하면서 내 시각이 얼마나 좁았고, 얼마나 많은 편견을 갖고
있었는지를 깨달았다.

한국을 여행했었다는 모로코인 친구가 예전에 이렇게 말한 적이
있었다.

"나는 한국에 가기 전에 한국 사람들은 야만인이라고 생각했어.
한국 거리엔 개고기가 널려 있고 너도나도 부엌에서 개를 도살해
시도 때도 없이 먹는다는 기사를 봤거든. 근데 막상 한국에
가니깐 전혀 그렇지 않더라."
내가 그 친구를 다시 만나면 이렇게 말할 것 같다.
"나도 아랍 사람들이 약간 무섭다고 생각했어. 어렸을 때부터
그런 기사를 많이 접했거든. 근데 막상 모로코에 가니깐 전혀
그렇지 않더라."

5밀리미터만
더 크게 눈떠라

페루 쿠스코

아무리 좋아하는 음식도 매일 먹다 보면 질리게 마련이다.
아무리 사랑하는 연인도 하루 24시간 붙어 있다 보면 지겨울
때가 있지 않은가? 그래도 여행만큼은 다를 것이라고 생각했다.
그토록 바라던 여행이니 하루하루가 스펙터클하고 즐거울 줄만
알았다. 끊임없는 새로운 경험과 만남이 나의 흥미를 유발할
것이라 믿었다. 하지만 여행을 시작한 지 200일이 넘으면서
초롱초롱 빛나던 내 눈망울은 게슴츠레한 동태눈으로 변해
갔다. 누구와의 만남도 더는 설레지 않았고, 무엇을 보든 더는
감흥이 없었다.

그렇게 마추픽추의 도시, 쿠스코에서 여행의 권태기를 맞았다.
게다가 쿠스코는 나를 권태기의 절정에 도달하게 만들기
충분했다. 광장에 가득한 히피들은 내 혼을 빼놓았으며, 지나갈
때마다 레스토랑 호객꾼들은 나를 귀찮게 했다. 그런데 그곳에서
예상하지 못한 인물을 만났다

"혹시《배낭 여행자들의 천국 빠이》쓰신 작가님 맞으세요?"

≈

7개월 전, 배낭여행을 시작했던 태국에서 히피들의 안식처라고
하는 빠이에 머물게 되었다. 그곳에서 나는 바를 운영하는
예술가 파이와 친해졌다. 치렁치렁 허리까지 오는 긴 머리를 묶고
다니는 그는 어느 날 웬 한국 책을 보여 주며 말했다.

"이것 봐! 이 표지에 있는 사진이 우리가 지금 있는 여기야."
그는 덧붙였다.
"난 이 책을 못 읽지만, 너는 꼭 읽어 봐. 정말 사람 향기 나는
작가였어."
그렇게 태국 친구의 추천에 그 책을 한두 장 넘기다가 그날 다
읽어 버렸다. 파이의 말대로 사람의 향기가 묻어 있는 듯했다. 그
책이 바로 《배낭 여행자들의 천국 빠이》였다.

≋

그리고 7개월 후 태국의 반대편인 페루에서 우연히 그 책의
작가를 만난 것이다. 특별히 어떤 모습을 상상한 건 아니지만,
꽤 실망스러웠다. 40대 초반의 작가님은 까무잡잡한 피부에
자그마한 체구, 마치 은하철도 철이를 연상시키는 복장과 모자
때문에 히피처럼 보였다. 그는 하루 방값이 8술, 약 2,800원도
안 되는 게스트하우스에서 지내고 있다고 했다. 최대한 싸게
구한다고 구한 내 숙소의 반도 안 되는 가격이었다. 듣지도
보지도 못한 숙소로, 인터넷에서 검색해도 찾아도 나오지 않는
곳이었다. 게다가 그곳에는 히피들이 정말 많다고 했다.
그런데 작가님이 나에게 제안했다.
"숙소에 가 볼래? 정말 재밌어!"
사실 히피라고 하면 정처 없이 떠도는, 생각 없는 사람들이라

여겨 왔었다. 그래서 망설여졌지만 솔직히 궁금하기도 해서
따라나섰다.

역시 작가님의 숙소는 가격에 걸맞게 가관도 아니었다. 2층
침대가 놓인 4인실 3개, 6인실 2개, 12인실 1개, 총 36명이 머물
수 있는 그 숙소에는 화장실이 겨우 2개뿐이었다. 심지어 한
침대를 2명이 나누어 쓰면서 1,400원씩 내는 경우도 있다고
했다. 리셉션도 없고 주방은 접근하기 싫을 만큼 더러웠다.
숙소라기보다 창고라는 표현이 적합할 듯했다.

설상가상으로 그런 곳에서 지내면서도 작가님은 가방에
자물쇠조차 채우지 않는다고 이야기했다.

"다들 남미가 여행하기에 위험하다고 해서, 괜찮을지 걱정이
많았어. 그래서 떠나기 전 마음을 먹었지. 물건 때문에 괜히
다른 사람을 의심하지 말자고. 설사 물건을 잃어버린다고 해도,
처음부터 내 것이 아니었다고 생각하자고 결심했어. 그리고
이곳에 와서 느낀 건데, 이 친구들이 참 착해."

갑자기 머쓱했다. 숙소에서 물건이 없어지면 주변 사람들부터
의심했던 내 모습이 떠올랐다.

그때 갑자기 축제가 벌어진 듯 음악 소리가 들리기 시작했다.
해가 저물면 하루 일을 끝낸 히피 투숙객들이 옹기종기 모여
공연을 한다고 했다. 좁디좁은 마당에서 말이다. 10명도 넘는
이들의 행색은 말도 아니었다. 언제 감았는지 알 수 없는
엉클어진 레게 머리에 꾀죄죄한 옷차림. 하지만 히피가 아닌

유명 아티스트라는 말이 어울릴 정도로 이들의 음악만큼은
수준급이었다. 누구는 기타를 치고, 노래를 부르고, 화음을 내고,
어떤 이는 팔고 남은 쿠키들을 나누어 주었다. 모두가 흥에 겨워
한없이 밝은 얼굴로 몸을 흔들었다. 거리에서 사람들의 야유를
받는 히피일지언정 이곳에서는 진짜 음악인 대접을 받았다.
알고 보니 그들도 히피가 되기까지 다 사연이 있었다.
당연하지만, 처음부터 히피는 아니었다. 나라의 경제가 안
좋아져서 어쩔 수 없이 외국으로 떠나온 사람도 있었고,
가정에 사정이 있어서 떠돌아다니게 된 사람도 있었다. 그중에
아르헨티나 출신인 파블로는 내가 아르헨티나에 갈 예정이라고
하자, 메모까지 해 주며 자기 나라의 역사와 가 볼 만한 곳,
저렴한 교통수단을 알려 줬다. 어떤 질문이든 열심히 대답하는
그에게서 조국에 대한 애정이 느껴졌다.
작가님은 오랫동안 여행을 하고 있다. 대륙별로 2년 넘게 여행을
했고, 이미 반년째 남미만 여행하는 중이었다. 그런데도 아직도
주위의 모든 것들을 아이처럼 호기심을 가지고 바라본다. 그리고
아무런 편견 없이 사람을 진심으로 대한다. 그와 함께 있으면서
내 마음도 따스해졌다. 그는 언제 어디서나 맑게 깨어 있는
사람이었다.
"예솔아, 5밀리미터씩만 눈을 조금 더 크게 뜨고 주위를 바라
보렴. 마치 어린아이가 처음 세상을 본 듯이 말야."
작가님은 매일 새로 태어나는 기분으로 하루하루를 지내며, '아,

세상이 이렇게 아름다워도 되는 거야?'라고 생각하며 잠든다고
한다. 그의 세상은 정말 아름다울 수밖에 없을 것이다. 아이
같은 눈, 충만한 내면, 순간을 즐길 줄 아는 태도 등을 갖췄으니
말이다.

작가님의 말처럼 지겹기만 했던 쿠스코를 느긋하게 걸으며
낯설게 바라보기 시작하니, 전과는 다르게 와 닿았다.
귀찮아하던 길거리의 호객꾼은 사연이 있는 작가님 친구들
같았다. 그동안 수없이 지나쳤던 분수, 상점도 달리 보이고
지나가는 사람들의 밝은 표정까지 세세하게 눈에 들어오기
시작했다.

작가님과의 만남 이후로 어느 곳에 익숙해지려 할 때마다
생각한다.

'눈을 5밀리미터만 크게 뜨고 어린아이처럼 바라보자.'
그럼 신기하게도 못 보던 것들이 눈에 보이기 시작하고, 같은
사람에게서도 새로운 모습이 보이곤 한다. 그리고 세상을 보는
시선을 바꾸는 것만으로도 내 삶을 풍요롭게 만들 수 있다는 걸
이내 깨닫곤 한다.

☀

여행이라고 마냥 특별하지 않아요.

여행도 길어지면 익숙해지기 마련이거든요.

매번 다른 도시로 이동해서 새로운 사람을 만나고

새로운 것을 보고 새로운 음식을 먹다 보면

포근한 내 방, 소꿉친구들, 그리고 엄마의 집밥.

오히려 익숙했던 것들이 더 특별하고 그립게 느껴집니다.

여행만이 특별한 것이 아니라

그저 오늘 보내는 하루하루가 소중하고

특별한 것이었습니다.

때로는
단순하게 살자

세계 3대 호수로 꼽히며, 여행자들에게 '지상의 천국'이라고 불리는 아티틀란 호수는 얼마나 아름다울까? 아침 7시에 멕시코에서 미니 버스에 몸을 싣고 12시간을 걸려 해가 저물 즈음에 겨우 과테말라 파나하첼에 도착해 호수로 갔다.

그런데 피곤한 탓인지, 영 감흥이 없었다. 다음 날 다시 가 보았는데도 별로였다. 게다가 관광 상품이 진열된 휘황찬란한 상점가, 관광객을 타깃으로 한 전혀 이색적이지 않은 음식들로 인해 더 정이 가지 않았다. 기대를 가득 품었던 만큼 기운이 쫙 빠졌다. 그리고 생각에 생각이 꼬리를 물기 시작했다. 괜히 과테말라에 왔나. 빨리 과테말라를 떠날까, 아니면 투어만이라도 하고 갈까?'

내 생각은 얽히고 얽혀 과테말라를 넘어 이미 남미를 한 바퀴 돌아 버렸다.

그러다가 과테말라에 꼭 가 보라고 했던 멕시코 친구에게 연락했다. 벌써 멕시코가 그립다고 푸념하니 이렇게 얘기했다.

"파나하첼은 주로 관광객들이 모이는 곳인데, 네가 좋아하겠어? 아티틀란 호수 주변에 12개 마을이 있는데 가장 먼 곳도 통통배로 1시간이 채 안 걸려. 그 마을들은 마을마다 특색이 있어!"

"그럼 위험하지 않으면서도 관광객들이 많지 않은 곳을 좀 추천해 줘!"

"산타크루즈에 가 봐. 네가 좋아할 거야. 그런데 한 가지 얘기해 줄 게 있어. 너무 생각하지 말고 그냥 순간순간을 느껴."
그 이야기에 작은 가방만 메고 계획도 없이 파나하첼을 떠났다.
순간을 느끼려는 마음과 함께.
오후 2시쯤 선착장으로 슬렁슬렁 걸어가 산타크루즈행
통통배를 탔다. 현지인들로 가득한 배 안, 수업을 마치고
돌아가는 교복 입은 아이들, 보자기로 아이를 업은 엄마가 눈에
들어왔다. 짧은 스페인어로 아기가 예쁘다고 말을 걸고 얘기를
나누다 보니 어느새 산타크루즈에 도착했다.

≈

배에서 내리자 높은 언덕과 과테말라 교통수단인 툭툭이
보였다. 무작정 터벅터벅 걸어가는데, 내 옆으로 툭툭이
지나가다가 멈췄다. 그리고 배에서 잠시 대화를 나눈 아기
엄마가 손을 흔들며 타라고 손짓했다. 덕분에 공짜로 이 마을
중심 센트로에 도착했다.
한 건물이 아이들로 붐비고 있었다. 도서관이라는데 그곳에
아이들이 많이 오는 이유는 컴퓨터 때문이라고 했다. 이
마을에는 컴퓨터는 물론 휴대폰을 가진 사람도 거의 없어서,
3대의 컴퓨터가 있는 도서관은 아이들로 늘 붐빈다고 했다.
도서관에서 나오니 새로운 광경이 보였다. 아이들이 농구를
하는데 여자 대 남자로 겨루고 있었다. 이 마을에서는 남녀가

어우러져 축구나 농구, 호숫가에서 수영하는 것이 일상이라고
했다. 그 모습이 예뻐서 사진을 찍으려고 하니, 아이들 중 반은
신나서 달려들고 나머지 반은 부끄러워하며 주춤거리다가 "하나,
둘, 셋!"이라고 외치는 순간 달려왔다. 아이들이 귀여워서 입술을
빨갛게 하는 효과, 얼굴을 하얗게 하는 효과 등 다양한 필터를
이용해서 사진을 찍고 보여 주자 다들 너무나도 신기해했다.
그런데 갑자기 아이들이 내 손을 잡더니 나를 어느 집 옥상으로
데려갔다.

"우와!"

마을에서 아티틀란 호수가 가장 멋있게 보이는 곳이었다. 파란
코발트 빛 물, 술렁이는 바람, 감탄사를 내뱉는 날 보며 아이들은
미소를 지었다. 분명 똑같은 호수인데, 아침에 봤을 때와 너무
달라 보였다. 잠시 아름다운 호수 광경에 젖어 있는데 근처에서
여자아이들이 춤추는 것이 보였다. 마침 눈이 마주쳐서 인사를
했는데 아이들이 손을 흔들면서 내게 오라고 손짓을 했다. 냉큼
달려가니 정말 올 줄 몰랐는지 굉장히 당황해하면서도 이내 날
방 안으로 이끌었다.

초등학교 고학년쯤 되는 6명의 여자아이들이 학교 축제
때 할 공연을 준비하고 있다고 했다. 춤을 보여 달라는 내
요청에 처음에는 머뭇거리다가 곧 안무에 맞춰 춤을 추었다.
꽤 오랫동안 연습한 것 같았다. 그렇게 나만을 위한 공연이
시작되었다. 멋진 춤을 보여 준 그들이 고마워서 나도 일어나

따라 췄다. 그랬더니 부끄러워서 가만히 아이도 일어나 춤을
추기 시작했고, 곧 다같이 어우러져 춤을 추게 되었다.
아이들과 신나게 논 다음, 그 집을 나와 혼자 길을 걸었다. 길게
축 늘어진 개, 병아리랑 쫑알쫑알 같이 돌아다니는 닭, 불도
켜져 있지 않은 텅 빈 슈퍼, 집마다 밖에 널어 놓은 옷……. 눈에
자연스럽게 들어오는 것에 집중하며 걷는데 울부짖는 소리가
들렸다. 단체로 통곡하는 듯한 소리였다. 누군가에게 물어보니
기도하는 중이라고 했다. 창문으로 조용히 지켜보니 20명쯤
되는 현지인들이 서로 어깨를 잡고 울며 기도하다가 무릎을 꿇고
서로 얘기를 나누었다. 내가 오랫동안 보는데도 전혀 알아채지
못할 만큼 그들은 기도에 빠져 있었다. 이렇게 매일 집에서
2시간씩 기도를 한다고 한다.
다시 길을 걷다가 어떤 집에서 여자들 몇 명이 모여 무언가를
만들고 있는 것을 보았다. 물어보니 옷을 만들고 있다고
대답했다. 대부분 집에서 직접 옷을 만들어 입는데, 옷 한 벌
만드는 데 4일 정도 걸린다고 했다. 이 지역은 마을마다 전통
의상의 문양이 다르다고 설명했다. 안 그래도 과테말라 사람들이
입는 알록달록한 색감의 옷에 관심이 갔었는데, 이곳 사람들의
옷을 자세히 살펴볼 수 있었다. 옷에 호기심을 보이는 나를
그녀들은 오히려 재미있어 하며 키득키득 웃었다.
여기저기 다니다 보니 시간이 꽤 흘러서 부지런히 마을을
내려갔다. 가는 길에 학교에서 악기 소리가 들려 들여다

보았는데, 12살쯤 돼 보이는 남자아이들이 연주를 하고 있었다.
이 아이들도 다음 달에 있을 학교 축제를 준비하고 있었다.
아이들과 인사하고 나오자 영어를 좀 할 줄 아는 마르코라는
남자아이가 내게 말을 걸었다. 마르코와 대화하며 걸어가는데
이런 모습이 신기했는지 아이들이 "마르코! 마르코!" 하면서
놀렸다.

소소한 만남과 사건들이었지만 참 따스하고 유쾌했다.

새로운 나라에 갔을 때 명소를 구경하는 것도 중요하지만,
그곳에서만 만날 수 있는 현지인들을 만나는 것은 더 중요하다.
그들이 어떻게 살아가고 나와 무엇이 다른지를 가까이서 보고
느끼는 경험은 큰 감동을 가져다 준다. 요즘은 마음만 먹으면
세계 어디에서든 같은 나라 사람을 만나고, 익숙한 음식을
먹으며 여행할 수 있다. 하지만 만약 한국에 놀러온 외국인이
한국의 유명 관광지인 명동, 경복궁, 한옥마을만 가고 지천에
깔린 이탈리아 레스토랑에서 비싼 음식을 먹고 호스텔에서
외국인들과 어울리다가 돌아간다면, 과연 한국을 얼마나 안다고
할 수 있을까?

하지만 만약 그 외국인이 한국인 친구를 1명이라도 사귀게
된다면 그 여행은 정말 달라질 것이다. 저렴한 가격에 푸짐하게
먹을 수 있는 한국 음식점이 많다는 걸 알게 될 것이고,
한국어에는 존댓말과 반말이 있다는 것도, 한국 나이와 외국
나이 세는 법이 다르다는 것도 알게 될 것이다. 또한 한국인의

집에 초대받는다면 현관에서 신발 벗고 들어가는 순간부터 문화가 얼마큼 다른지를 자연스럽게 알게 될 것이다.

나는 산타크루즈에서 현지인과의 만남에 푹 빠져 유일하게 하나 있는 이구아나 숙소에 체크인을 하였다. 숙소 내에 와이파이도 연결되지 않아 구석구석을 자세히 둘러보게 되었는데, 가슴을 울리는 문장을 발견했다.

"Life is really simple but we insist on making it complicated(인생은 정말 단순하다. 그러나 우리는 복잡하게 만들려고만 한다)."

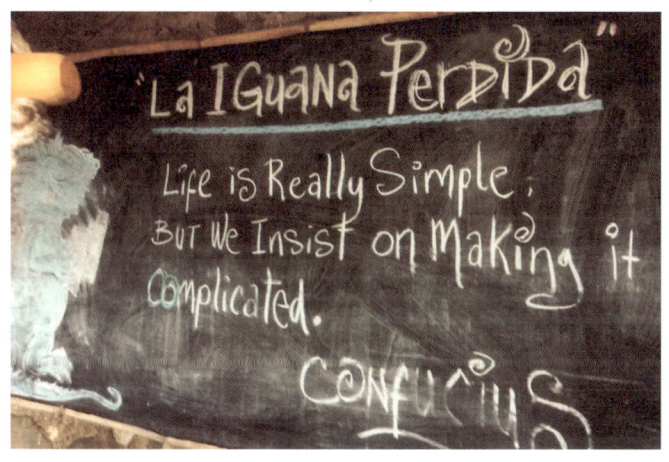

우리 것을
사랑하다

새로운 나라에 가면 꼭 보거나 배워야 할 것이 있다고
생각한다. 바로 춤이다. 춤은 브라질 삼바처럼 그 나라의 정서를
대변하기도, 아르헨티나 탱고처럼 슬픔을 극복해 주는 역사의
한 부분이 되기도, 콜롬비아 살사처럼 현지인들과 자연스레
어우러지게 해 주는 수단이 되기도 한다. 이런 사실을 알게 된 후
나는 춤을 잘 추지 못하지만 춤의 매력에 빠지게 되었다.
헝가리 부다페스트였다. 헝가리에는 어떤 전통 춤이 있는지
궁금해하며 공연을 찾아보는 도중 내 눈을 의심하게 되었다.
'헝가리에서 한국 전통 무용을?'
알고 보니 한국 문화원이 헝가리에 있는데, 그곳에서 전통
무용을 가르쳐 준다는 것이다. 한국 문화원은 외국인이 한국을
보다 친숙하게 느끼도록 해외에 설립되어 소통의 가교 역할을
하고 있었다. 전 세계에 22개, 그중 유럽에 8개가 있는데,
헝가리에 있는 한국 문화원이 동유럽 최대 규모라고 한다.
이미 세계 여행을 하며 한류 열풍을 많이 느껴, 더는 놀랍지
않았다. 가수 싸이의 <강남 스타일>이 동남아, 미국, 남미
거리에서 심심치 않게 흘러나오곤 했다. 심지어 멕시코에는
현지인들을 대상으로 한 케이팝 클럽이, 뉴욕 맨해튼
한복판에 있는 댄스 학원에는 열정적으로 케이팝 춤을 배우는
뉴요커들이 가득했다. 그런데 외국인이 전통 무용이라니? 게다가
그곳에서는 전통 무용뿐만 아니라 서예, 한국 요리, 태권도 등
다양한 교육을 제공해 준다고 하니 더 궁금했다.

'헝가리는 한국인에게 친숙하지 않은 나라인데, 과연 한국에
관심이 많은 헝가리인이 있을까?'
부다페스트 시내와 다소 떨어진 지역에 자리한 한국 문화원.
멀리서부터 반가운 태극기가 보였다. 건물을 들어서니 멋스럽게
한글로 '안녕하세요?'라고 쓰여 있다. 한국에서는 무심히 보던
태극기가 마치 고향 친구를 만난 듯이 반가웠다.
시설을 둘러보니 이곳에 오면 누구라도 한국에 대한 관심이
생길 것 같았다. 지상과 지하의 꽤 넓은 공간에 한국 요리
조리실부터 다도실, 한류 체험관, 태권도 교실 등 한국 문화를
배울 수 있는 공간과 한국을 물씬 느낄 수 있는 전통 물품들로
꾸며져 있었다. 마치 '한국 100배 즐기기' 공간 같았다.
신나서 열심히 구경하고 있는데, 마침 수업 중인 교실이 있었다.
10명 남짓 되는 헝가리인들이 먹을 갈고 붓으로 정성껏 한지
위에 한 글자 한 글자 새기고 있었다. 대부분 부모님 연배였다.
그중에는 백발이 빛나는 할머니들도 있었는데, 그들의 표정이
한없이 밝았다.
"어떻게 서예를 배우기 시작하셨어요?"
"한글의 아름다움, 그 자체에 빠져 시작하게 되었어요."
"어렵지 않으세요?"
"붓으로 아름다운 한글을 표현할 수 있어서 오히려 좋은 걸요."
오후 6시가 되어 전통 무용 수업에 참여하러 갔다. 원래 수업을
신청한 사람만 들을 수 있지만, 꼭 배우고 싶다는 나의 말에

한국 문화원에서 선뜻 허락해 주었다. 과연 월요일 오후 6시에 사람들이 많이 모일까 싶었는데, 20명이 넘는 헝가리인들이 있었다. 자그마하고 통통한 헝가리 아주머니가 강사였다. 복장은 자율이라는데도, 대부분 수강생은 한복 치마를 곱게 차려입고 있었다.

"안녕하세요?"

한국어 인사로 수업을 시작했다. 익숙한 <대장금> 노래의 반주가 흘러나오더니 <오나라>에 맞춰 단체로 스트레칭을 했다. '헝가리에서 가르쳐 주는 한국 무용이 얼마나 체계적이겠어? 그리고 난 명색이 한국 사람인데, 이곳 사람들보다야 잘 출 거야.' 이런 나의 오만한 생각은 음악이 나오면서 곧 사라졌다. 그들의 몸동작은 학처럼 사뿐했으며 나비처럼 살랑거렸다. 그리고 눈빛은 맹수처럼 강렬했다. 그 모습에 그들이 얼마나 우리나라 춤을 사랑하는지, 그동안 얼마나 노력했는지 느낄 수 있었다. 수업 앞부분은 옆에 있던 고등학교 1학년 학생이 보조 교사가 돼주어 겨우 구색이라도 맞췄지만, 장구를 치며 춤을 추는 뒷부분에서는 수업 따라가는 것을 포기할 수밖에 없었다. 분명히 우리나라 춤인데 바라만 봐야 하는 자신이 부끄럽기 그지없었다. 2시간의 수업이 끝나고 나서도 몇 명은 연습을 이어갔다. 수강생들 중 누군가 이렇게 이야기했다.

"한국 춤은 정말 아름다워. 춤을 출 때 마치 한 마리 학이 된 느낌이야."

그녀의 이마에 땀이 송골송골 맺혀 있었다.

여행을 하면서 한국 문화에 빠진 외국인들을 많이 보았다. 다도에 빠져 있는 독일인, 민화에 푹 빠져 독일에서 그림을 그리는 러시아인, 한복을 좋아하는 페루인 등 한국에 와 본 적도 없는 외국인들이 한국 문화의 가치를 발견해 머나먼 곳에서도 우리 것을 진정으로 즐기고 있었다. 한국 문화의 어떤 점이 좋으냐고 물으면 그들은 마치 짠 것처럼 똑같이 대답했다.

"정말 아름다워요."

몸치인 내가 갑자기 전통 무용을 배워 무대에 서겠다는 것이 아니다. 다도, 민화를 단기간에 숙달할 수도 없는 노릇이다. 그런데 그들에게 반드시 배워야겠다고 결심한 것이 하나 있다. 바로 우리 것에 대한 자부심이다. 나보다도 더 한국 문화의 아름다움을 즐기고 있는 외국인들에게 얻은 부끄러운 깨달음이다.

내가 바라는 삶과
사랑에 대해

오스트리아 빈

사실 대륙별 매력도를 따진다면 유럽은 내게 최하위였다. 동남아처럼 물가가 싼 것도 아니고 남미처럼 사람들이 흥이 넘치지도 않는다고 생각했다. 게다가 아름다운 풍경에서 인생 샷을 남기기에 내 꼴은 영락없이 꾀죄죄한 장기 배낭 여행자였다. 무엇보다 유럽의 상징인 무궁한 역사에 영감을 받기엔, 나는 예술에 조예가 깊지 않았다. 세계적으로 유명한 스페인 가우디 건물에서도, 모나리자를 보고도 크게 감흥이 없었다.

그런데 깊숙이 감추어져 평생 알아채지 못할 뻔한 예술적인 감각을 일깨워 준 곳이 있다. 한때 유럽 문명과 예술의 중심이었던 나라, 바로 '오스트리아'이다. 유럽 친구로부터 "오스트리아가 유럽에서 가장 유럽다운 곳인 것 같아."라는 말을 들은 후, 오스트리아가 늘 머릿속에 남아 있었다.

과연 오스트리아는 가난한 배낭여행자인 나조차도 우아하게 만들어 주었다. 길을 걷노라면 어디선가 초등학교 시절의 추억을 불러일으켜 주는 모차르트 음악이 흘러나왔다. 3유로면 세계 3대 오페라 극장에서 세계적인 공연도 볼 수 있었다. 물론 서서 봐야 했지만 말이다.

그런데 오스트리아에는 무엇보다 나에게 놀라운 경험을 하게 해 준 작품들이 있다. 예술에 매료되어 1시간 동안이나 우두커니 서서 바라본 적은 처음이었다. 정리되지 않은 서랍 같은 머릿속을 차분하게 해 주기도 했다.

바라보는 것만으로도 울컥하고, 벅차고, 황홀하고, 설레는 이런
감정을 느끼게 해 준 것은 훈데르트바서의 건물과 구스타프
클림프의 <키스>이다. 이 작품들은 내가 바라는 삶과 사랑을
정립하게 해 주었다.

훈데르트바서, 내가 만들고 싶은 세상

빈 외각의 후미진 거리를 걷다 보면 눈에 들어보는 건물이 있다.
바로 훈데르트바서가 지은 건물이다. 스페인에 가우디가 있다면
오스트리아에는 훈데르트바서가 있다. 똑같이 생긴 주변 건물
사이에 동심 가득한 어린이가 상상했을 법한 집을 현실에 옮겨
놨다. 이 건물에는 실제로 사람들이 살고 있다. 기존의 틀을
완전히 깬 구불구불하면서도 알록달록한 그의 건물은 단연
돋보인다. 거리의 전체적인 조화를 해칠 정도로 개성 넘치는
건물이다.

그의 건물을 집중해서 보면, 어느 하나도 똑같은 것이 없다.
실제로 그가 지은 건물의 전체 52가구 중 같은 집은 하나도
없다고 한다. 건물의 색뿐만 아니라, 모양, 길이, 질감까지 다르다.
심지어 변기 커버 색 하나하나까지 모든 것이 제각각이다.
그런데 이 다름이 결국 어우러져 다른 건물과 비교할 수 없는
아름다움을 풍긴다.

훈데르트바서의 첫 건축물이 완공되었을 때 사람들의 비난이

쏟아졌다고 한다. 하지만 그는 단념하지 않고 신념대로 일을
진행하였기에, 실제로 사람이 거주하는 임대 주택임에도
불구하고 많은 관광객이 찾는, 유명 관광지 중 하나로 자리
잡았다. 과연 그가 다른 사람들이 하는 말에 자기 신념을 굽히고
여타 다른 건축물처럼 평범하게 지었다면 어떠했을까?
그가 지은 집을 보면서 나와 세상이 그의 집 같았으면 좋겠다고
생각했다. 또한 남과의 다름을 두려워하지 않고 신념대로 사는
내가 되길, 그리고 각각 다른 색을 가진 퍼즐 조각이 어울려
조화와 아름다움이 느껴지는 세상이 되기를 바라게 되었다.

구스타프 클림프의 사랑, 내가 바라는 사랑

위험천만한 상황에 남녀가 처해 있다. 여자의 발은 낭떠러지에
간신히 걸쳐 있고 남자를 와락 안고 있다. 바람이 세차게
불기라도 하면 둘 다 죽을지도 모른다. 그들을 구하러 가까이
다가가지만 아무것도 할 수 없었다. 그런데 여자의 표정은
한없이 평온하다. 그녀를 안은 모습만으로도 남자의 깊은
사랑이 느껴진다. 그들은 사랑의 마음으로 완전체가 되었고 금빛
아우라가 온몸을 두르고 있다. 어떠한 불안한 상황도 그들에겐
문제가 되지 않는 것처럼 보인다. 서로 다른 두 사람이 포옹하고
사랑하니, 그 둘은 완전체가 되고 세상은 꽃밭으로 물들여지고
있다.

내가 클림프의 그림을 본 감상이다. 예전에 이 그림을 보았으면
그저 '사랑은 미친 짓이다.'라고 생각하며 회의적으로
바라보았을지도 모른다.

여러 가지 것들에 대해 전반적으로 도전적인 내가 몸을 사리는
것이 하나 있다면, 바로 사랑이다. 예전에는 그렇지 않았다.
그때는 이 사람 없으면 못 살 것 같았고, 상대방이 중요하게
여겨지면 그것이 사랑이라고 생각했다. 그래서 사랑하면
그때부터 뭐든 다 퍼 줄 정도로 상대방에게 헌신적이었다.
여자는 곰보다 여우와 같아야 한다는 어른들의 말이 틀린 게
하나도 없었다. 어느새 헌신짝처럼 돼 버릴 때가 많았던 걸 보면
말이다. 그런 상황을 참지 못하고 헤어지자고 하면 상대방은
이렇게 말하면서 나를 잡았다.

"미안해. 앞으로 정말 잘할게."

하지만 난 있을 때 잘하지 그랬냐며 조금의 미련도 없이
돌아서곤 했다. 후회하지 말자고 스스로를 위로했지만 이런
연애가 되풀이되다 보니 다른 사람에게 마음을 주는 것이 너무
어려워졌다.

그러던 어느 날, 고슴도치처럼 가시를 바짝 세운 내게 그가
나타났다. 그리고 진정한 사랑이 무엇인지 알게 해 주었다. 지난
연애의 상처로 인해 사람의 마음을 믿는 것을 두려워하는 내게,
그는 나를 향한 자신의 마음만큼은 결코 의심하지 않을 수
있도록 날 따뜻하게 품어 주었다. 그렇게 존재만으로도 든든한

울타리 같은 사람이었다. 그런데도 난 그를 밀쳐내곤 했다. 지난 상처 기억으로 인한 두려움 때문에……. 그는 밀쳐내는 내 손을 항상 잡아끌었지만, 그럴 때마다 난 뒷걸음치며 우린 달라서 안 된다며 합리화시켰다.

왜 그에게 더 와락 안기지 못했을까? 불안전함을 받아들이고 그의 사랑을 조금 더 믿지 못했을까?

클림트의 그림을 보면서 한동안 멍하니 서 있었다. 그림이 나의 지난 사랑과 앞으로 그려 가고 싶은 사랑을 모두 담고 있는 듯하였다. 클림프의 그림과의 만남은 내가 생각하는 '사랑'의 개념을 다시 정립하게 하는 계기가 되었다.

그리고 나는 다짐했다. 더는 사랑을 두려워하지 않고 과감히 손을 뻗는 내가 되기를, 서로의 다름을 받아들이고 포근히 안아 줄 수 있는 내가 되기를, 그래서 불완전한 세상에도 함께 걸어갈 수 있는 그런 사람을 만나기를.

≈

언젠가 이곳에 사랑하는 사람과 함께 다시 올 것이다. 그래서 훈데르트바서의 건물을 보면서 나도 부끄럽지 않은 삶을 살았다고, 클림트의 그림을 보면서 부끄럽지 않은 사랑을 했다고 이야기할 것이다. 그때 다시 만나게 될 오스트리아의 모습은 어떠할까?

☼

우리가 혼자서 꿈을 꾸면 오로지 꿈에 그치지만

모두가 함께 꿈을 꾸면 그것은 새로운 세상이 된다.

- 훈데르트바서

천천히 가면
어때서?

벨리즈 키코커 섬

천천히 가면

어느 날, 중동에서 온 친구가 말했다.

"한국인들이 가장 많이 쓰는 단어가 뭔 줄 알아?"

"뭔데?"

"그리고 한국에 와서 외국인들이 가장 먼저 외우는 단어는 뭔 줄 알아?"

"뭐지?"

"빨뤼빨뤼."

이야기를 같이 듣던 다른 외국인들이 공감하며 웃었다. 그러고 보니 나뿐만 아니라 많은 사람이 '빨리'라는 말을 모든 상황에 쓰고 있었다. '빨리 와', '빨리 타', '빨리 끝내야지', '빨리 가자'. 어떤 서술어에 붙어도 어색하지 않을 만큼 '빨리'라는 말은 한국인의 생활과 매우 친숙한 단어이다. 그런데 우리와는 정반대로 이렇게 외치는 나라가 있다.

"Go slow(천천히 가도 좋아)."

'중미의 플로리다'라고 불리는 벨리즈. 그 나라의 키코커 섬에 들어서면, 'Go Slow'라는 단어가 사방에 붙어 있다. 벨리즈는 멕시코 밑에 있는 자그마한 나라로, 과테말라 옆에 위치한다. 경기도와 강원도를 합친 것보다 작은 면적에 영국으로부터 독립한 지 35년도 안 되었다. 아직 잘 알려지지 않은 여행지여서 정보도 충분하지 않고, 무엇보다 중남미 나라 치고 물가가 비싼 데다 비자까지 필요해서 한국인 여행객이 많지 않다.

그런데 과테말라에서 만난 게스트하우스 사장님의 말이 나를 벨리즈로 이끌었다. 그는 베테랑 여행자였다.

"벨리즈의 바다는 내가 지금껏 봤던 바다 중 최고였어. 세상에 이런 곳도 있구나 싶었다니깐."

과연 벨리즈는 아름다웠다. 에메랄드 빛 물에 잔잔한 파도가 일고, 그 위로 살랑살랑 바람이 스며들었다. 벨리즈에서 만난, 태어나서 처음 맞이하는 카리브 해를 표현해 줄 단어는 하나뿐이었다. 황홀하다!

벨리즈 여행에서 나를 편하게 만들어 준 것이 있었는데, 그것은 바로 영어였다. 바로 스페인어가 공용어인 다른 중남미 국가와는 달리 벨리즈는 영국의 지배를 받아 영어를 공용어로 사용했다. 더듬거리며 스페인어를 쓰다, 영어를 쓰니 마치 영어가 모국어처럼 느껴져 반가웠다. 벨리즈 사람들은 아프리카에서 끌려온 흑인들이 조상이라 레게 음악을 즐겨 듣고, 남미보다는 자메이카에 더 가까운 문화를 가지고 있다. 그들의 느긋한 동작과 말 속에서 늘 흥이 느껴졌다.

하나같이 Whats up을 워덥이라 말하고 I dont know를 mi dont know라고 하곤 했다. 하나의 유행어라고 생각했지만, 알고 보니 그들은 브로큰 랭귀지Broken language를 쓰고 있었다. 우리말의 '콩글리시'와 같다. 이 언어는 식민지 시절에 지배국이 알아듣지 못하게 하기 위해 쓰이기 시작했으며, 공식 언어로 사용 중이다.

"너 임자 있니?"

하루는 백사장을 걷고 있는데 이상한 소리가 들렸다. 늘 키코커 섬 Go slow 의자 위에 앉아 있는 거구의 흑인 호객꾼 아저씨였다. 내가 쳐다보니 양손을 쫙 벌리며 "내가 여기 있어."라면서 웃었다.

시답지 않은 말이라 대꾸도 하지 않고 걸음을 재촉하는데 날 계속 불렀다. 궁금한 것이 하나 있다고 대답만 해 달라는 말이 너무 간절하게 느껴져서 그 자리에 섰다. 경계하는 눈빛을 유지하면서.

그가 물었다.

"아까부터 궁금한 게 있었는데, 너 어느 나라 사람이야? 내 친구는 일본 사람일 거라고 하더라고. 난 대만 사람일 거라고 생각했어."

그들은 그 지역에서는 보기 드문 동양인 여자가 계속 섬을 왔다 갔다 하자, 내기를 했다는 것이다. 순간 웃음이 터져 나왔다.

그때 갑자기 악기 소리가 들려온다.

"뭐지? 축제라도 하는 건가?"

"궁금하면 같이 가서 볼래?"

15명쯤 되는 흑인 군단의 공연이 눈앞에 펼쳐졌다. 젬베를 치며 바람결보다 열 배는 빠른 속도로 엉덩이를 씰룩거렸다. 축제라 생각했는데 알고 보니 마을 사람의 생일이라고 했다. 사람들은 나를 가운데 세워 놓고 너도나도 따라 해 보라며 춤을 가르쳐 주었다. 처음에는 어색했지만, 명색이 생일 파티 아닌가? 나도 이내 같이 어우러져 놀았다.

저무는 석양과 함께 반짝반짝 빛나는 카리브해 앞에서 광란의 레게 생일 파티가 벌어졌다. 같이 웃고 어우러지며, 그들과 춤을 추면서 이런 생각을 했다.

'이들은 느슨히 즐기며 사는구나!'

벨리즈의 삶은 느긋했다. 조금이라도 서두르려고 하면 시야에 보이는 Go slow라는 말이 나를 멈칫하게 했다. 그 말이 내게 마음껏 느슨해져도 좋아라고 속삭여 주는 듯했다. 조금만 걸으면 펼쳐지는 카리브 해도 날 평온하게 만들어 주었다. 그런데 이곳에 있는 날이 너무 길어지면 나태해질 것 같았다. 비싼 물가도 날 멕시코행을 서두르게 하는 데 한몫을 했다. 언제 떠나야 할지 고민하는 내게 벨리즈가 얘기했다.

'멕시코는 항상 거기에 있어. 없어지지 않아. 그냥 네가 가고 싶을 때 가면 돼. 천천히 생각해. 서두를 필요는 없잖아.'

≈

나는 항상 바쁘고 열심히 사는 사람이었다. 할 일 없이 쉬는 날이 없었고, 친구들이 휴일에 뭐하는지 물어보면 그냥 집에 있다고 대답한 적도 없었다. 그것이 나쁘다고 생각하지 않았다. 바쁘게 사는 것이 좋고 삶을 의미 있게 사는 것으로 여겼다. 그리고 무언가를 빨리 이루는 것만큼 생산적인 것은 없다고 생각했다.
그런데 벨리즈에 있는 동안 어태껏 들어보지 못했던 말을
계속해서 들었다.

'천천히 가도 돼. 느슨하게 지내. 천천히 천천히~.'

늘 밥 먹듯이 이렇게 얘기하는 것을 듣고, 정말 그렇게 살아도
괜찮은 그들을 보며 이런 의문이 들었다.

'난 왜 바쁘게 살아온 것일까?'

세계 여행을 마치고 한국으로 돌아온 뒤 가끔 정신없이 바빠서
몸도 정신도 지쳐 버릴 때, 벨리즈에서의 추억을 떠올린다.

그리고 나 자신에게 얘기한다.

Go slow. 천천히 가도 좋아.

괜찮아, 청춘이잖아

비움과
채움

동남아

배낭여행자는 배낭의 무게만큼 욕심을 짊어지고 걷는다고 한다.
사실이었다. 여행 중 혹시 꾸미는 날이 있을까 해서 가져왔지만
몇 번 입지 않은 원피스, 다 해지고 은색 장식도 떨어진 야상
점퍼, 그리고 지인들이 준 고추장, 라면 수프 등 혹시 필요할지
모른다는 생각에 꾸역꾸역 계속 배낭에 집어넣었다. 그렇게
하나둘씩 늘어난 짐들로 배낭의 무게는 어느덧 25킬로그램이나
되었다. 배낭 무게가 엄청나게 늘어났을 때 새로운 곳에 대한
설렘보다는 막막함이 커졌다.

여행의 시작이었던 동남아, 아름다운 곳이지만 나에게
그렇지만은 않았다. 욕심을 짊어지고 걸었을 뿐만 아니라,
욕심을 버리지 못하고 여행했기 때문이다. 사람들은 방콕 카오산
로드에서 팟타이를 먹고, 캄보디아 앙코르와트에서 사진을 찍는
나의 자유를 한껏 부러워했다.

'보이는 나'는 행복해 보였겠지만, 사실 난 자유롭지도
행복하지도 않았다. 욕심이 너무 커서 내 마음에 온전히
집중하지 못했기 때문이다.

≈

지인들은 내가 세계 여행을 한다고 했을 때, 축하보다는 걱정을
했다.

"목적을 확실히 하고 가라."

"1년 동안의 여행이 인생의 터닝 포인트가 될 수 있도록
계획해라."

"왜 가느냐? 갔다 와서 무엇을 할 것이냐?"

하지만 난 그들의 얘기를 듣지 않았다. 무언가를 남기고
계획을 하며 생산적인 것을 해야 된다는 부담감을 늘 안고
살아왔던지라, 인생에서 1년만큼은 자유롭게 지내고 싶었다.
어느 틀 안에도 갇혀 있지 않은 상태에서, 더 넓은 세상에서 여러
상황을 헤쳐 나가며 성장하는 나 자신을 보고 싶었다. 여행을
온전히 여행으로 즐기고 싶지, 여행조차도 스펙으로 여기고 싶지
않았다.

그런 마음으로 여행을 떠났지만 정작 난 자유롭지 못했다.
주변에서 걱정하는 사람도 없는데, 수많은 잡념과 욕심 때문에
현재에 집중하지 못했다. 이 여행으로 무언가를 남겨야 한다는
부담감, 남들 보기에도 멋있는 여행을 해야 한다는 욕심, 지금껏
자라 오면서 하지 말라는 것은 하지 않았던 익숙한 습관이 나를
힘들게 했다. 그리고 여행지에서 느끼는 감정은 단순히 달콤한
것이 아니라 여러 가지가 뒤섞여 참으로 감당하기 힘들었다.
게다가 내가 살아온 것과는 전혀 다른 방식으로 살아가는
사람들을 보았을 때, 다양한 사람들을 만났지만 한국에
돌아가서 남들과 다르게 살아갈 자신이 없는 나를 발견했을
때, 척박한 환경에 살면서도 작은 것에 감사하는 사람들을 보며
무언가 깨닫고 느끼지만 곧 나보다 나은 사람과 나를 비교하는

자신을 발견하였을 때, 그리고 틀이란 걸 알면서도 그걸 깨는 걸
망설이며 아무것도 모른 채 지내는 것도 나쁘지 않다고 느낄 때,
나는 혼란스러웠다.
늘어난 여행의 짐처럼 한가득 모인 욕심과 잡념에 나는
파묻히게 되었다.

≋

어려웠다. 당장 필요하지 않은 것으로 가득 찬 25킬로그램
짐의 3분의 1을 비워 내어 15킬로그램의 배낭이 되기까지,
15킬로그램의 짐만으로도 인생을 살아가는 것이 충분한 것을
깨달을 때까지, 생각보다 시간이 걸렸고 쉽지 않았다. 짊어지고
있을 땐 몰랐는데, 내려놓으니 얼마나 마음이 내 삶이 편한지
알게 되었다. 그리고 더는 '욕심'이라는 것 때문에 몸과 마음을
흐리고 싶지 않았다.
수많은 책과 영화는 여행을 아름답게, 달콤하게 그리고 있다.
하지만 난 말하고 싶다. 여행은 마냥 달콤한 것만이 아니라고.
그리고 여행을 통해 무엇을 얻으려고 하지 말라고. 그런 것들은
자연스럽게 얻어질 테니까.

☼

행복에 이르는 길은

욕심을 채울 때가 아니라 비울 때 열린다.

- 에피쿠로스

chapter 3

길에서

만난

사람,

인연

또 다른 고향,
그리고 마마

미국 미시간 주 호튼

내 인생의 버킷리스트를 적을 때 항상 가장 먼저 떠오르는 것이
있었다. '1억 모으기', '대기업에 취직하기', '나만의 집 사기' 등과
같이 무엇이 되는 것도, 무엇을 하는 것도, 어떻게 사는 것도
아니었다. 그저 그립고 그리웠던 누군가와의 만남이었다. 결국
버킷리스트를 이루기 위해 나는 미국을 다시 찾게 되었다.
그 꿈은 바로 '미국 엄마 만나기'였다. 후회하는 것을 나는
극도로 싫어한다. 특히 사람과 사람의 관계에서는. 그런데
그녀와의 관계에서는 아쉬움과 후회만 남았다. '그녀가 나를
만나 줄까?'라는 생각이 들었고, 그녀가 나를 용서해 줄지
걱정이 되었다.

≈

그녀는 교환 학생 시절 학교에서 만난 친구인 라비의 엄마였다.
라비의 아버지는 아프리카 원주민 출신이라 라비는 어렸을
때부터 사냥하며 자라 왔다고 한다. 사냥으로 잡은 사슴을 냉동
보관하여 겨울 내내 먹고, 주변에는 외국인이라고 찾아볼 수가
없는 시골에서 자란 그가 동양 여자인 나와 친해진 것은 그
가족에게 꽤 새로운 일이었다. 그의 부모님은 학교를 방문했을
때 가장 먼저 나를 찾으셨다. 영어가 서툴러 수줍어하는 내게
"우리 아들에게 좋은 친구가 되어 줘서 고마워."라며 언제든지
집에 놀러 오라고 하셨다. 이후 주말에 종종 라비의 집에 놀러

갔고, 라비의 가족들과 나는 자연스레 가까워지기 시작했다.

"넌 이제부터 나의 아시안 딸이야. 나를 마마라고 불러."

아들만 3명인 그녀는 나를 딸처럼 아껴 주었다. 마마에게 라자냐, 팬케이크, 바베큐 만드는 법을 배우기도 하고, 지하에 있는 노래방 기계로 같이 노래도 불렀다. 또 남들에게는 말 못하는 연애 상담부터 고민까지 마마에게는 다 풀어 놓았다. 짧은 영어에도 불구하고 그녀는 늘 내 말에 귀 기울여 주었다.

여름 방학이 다가오면서 내게는 큰 고민이 생겼다. 미국의 여름 방학은 한국과는 다르게 4개월이나 되는 긴 기간이었고, 그동안 어디에 머물러야 할지 걱정이었다. 그때 그녀는 얘기했다.

"미국에 있는 동안 나는 너의 엄마고 여기는 너의 집이니까 언제든 집으로 와. 마마는 여기 있을게."

심지어 라비는 계절 학기 수업을 듣느라 집에 있지 않았지만, 마마의 배려로 난 라비의 가족과 함께 여름 방학을 보내기 시작했다. 그리고 진짜 가족들과도 하지 못한 일들을 같이하며 추억을 만들었다. 단체로 커플티를 입고 가족사진을 찍기도 하고, 캠핑카를 타고 방방곡곡을 놀러 가기도 했다.

가끔 마마는 나를 깜짝 놀라게 해 주었다. 어느 날 마마가 큰 상자를 주면서 열어 보라고 했다. 상자 안에는 신라면, 너구리 등 한국 음식이 가득 있었다.

"네가 한국 음식을 그리워할 것 같아서 사 왔어."

아시아 음식을 파는 마트까지 가려면 집에서 1시간 넘게

운전해야 하는 걸 뻔히 아는데, 오로지 날 위해 그 먼 데까지
갔다 온 것이다. 그렇게 난 아들밖에 없었던 원주민 가족의 첫
동양인 딸이 되었고, 마마는 조건 없이 나를 친딸처럼 아껴
주었다.

하지만 언젠가부터 마마와 사이가 멀어지기 시작했다.
향수병인지 늦은 사춘기인지, 난 점차 시골 생활에 싫증이 났다.
그리고 마마가 하는 말에 괜히 기분이 상하곤 했다. 달라진 내
모습에 마마는 마음 아파했지만 나는 마마와 대화를 나누지
않는 상태로 얼마간 머물다가 그 집을 떠났다. 그리고 미국을
떠날 때까지 마마는 나를 보려고 하지 않았고, 마마와 인사도
하지 못한 채 미국을 떠났다.

그때 그렇게 떠난 것, 그리고 마마에게 철없이 군 것이 내내
후회로 남았다. 세계 여행을 계획하고 나서 가장 먼저 한 일은
마마한테 연락하는 일이었다. 마마는 4년 만에 연락하는 나를
괘씸하게 여기기는커녕 세계 여행을 한다는 걸 대견했다. 그리고
꼭 다시 놀러 오라는 말까지 해 주었다.

≈

그녀에게 가는 길, 다시 만날 수 없을 것 같던 그녀와의
만남은 생각만 해도 설레었다. 기념품을 사는 것은 장기
배낭여행자에게는 사치지만 나는 그녀에게 주기 위해 미국에

가기 전 각 나라마다 선물을 샀다.

그녀가 사는 호튼은 1년에 9개월은 추운 지역이다. 미국 사람들 10명에게 물어봐도 1명이 알까 말까 한 시골인 호튼에서 머물 때 월마트 가는 것이 내겐 가장 신나는 일이었다. 그 황무지 같은 동네를 다시 찾게 되다니. 마마를 만나고 싶다는 마음 하나로. 난 시카고에서 그녀를 만나러 호튼으로 출발했다. 8시간을 달리니 드디어 익숙한 모습이 보이기 시작했다. 기숙사, 도서관……. 미국에서 1년을 지내고 한국에 돌아갔을 때, 나는 한동안 한국 생활에 적응하지 못했다. 그 1년 사이, 익숙했던 거리는 상점들이 바뀌었고, 대부분의 사람들이 스마트폰을 쓰고 있었으며, 유행을 비롯해 모든 것이 변한 것만 같았다. 그런데 호튼은 4년이라는 시간이 지났는데도 그대로였다. 변화가 있다면 그전에 보지 못한 레스토랑이 몇 개 더 생겼을 뿐. 그런데 왜 이렇게 반가운 걸까? 변치 않았기에 나는 구석구석을 다니며 잊고 있었던 추억을 생생히 기억해 낼 수 있었다.

≋

마마를 만나기 전, 오랜만에 만나는 그녀에게 예쁜 모습을 보여 주고 싶었다. 그래서 평소에는 잘 하지 않는 화장도 하고 한껏 차려입었다. 그녀를 보면 무슨 말부터 해야 될지 생각하는데 차 한 대가 내 앞에 멈췄다.

"예쏘올~!"

차에서 내려 나를 폭 안아 주는 마마. 마마는 내가 기억하는 그 모습 그대로였다. 그렇게 우리는 그녀의 집으로 향했다. 그녀는 어김없이 아침에 일어나 친구와 통화하며 운동을 했고 언제나 그랬듯이 다 같이 아침을 먹었다. 정말 단 하나도 변한 것이 없었다. 마치 4년 전으로 타임머신을 타고 돌아간 듯했다.

"마마, 정말 모든 게 그대로네요. 변한 게 아무것도 없어요. 그냥 마치 제가 잠시 자리를 비웠다가 그 자리에 다시 앉은 느낌이에요."

"예솔, 넌 네가 변한 것 같다고 느끼니?"

"네, 전 많이 변한 것 같아요."

"아니야, 너도 그대로야. 그리고 난 네가 변하지 않아서 참 좋아."

난 항상 오늘보다 나아지기 위해 노력하고 변해야만 한다고 생각했다. 그리고 변하지 않으면 도태된다고 여겼다. 그런데 마마를 만나면서 반드시 변하는 것만이 좋은 것은 아니라는 것을 깨달았다. 변하지 않고 원래 모습을 그대로 간직하는 자체가 정말 아름다울 수 있었다.

"마마, 제가 여기 다시 올 거라고는 생각도 못 했어요."

"그래? 난 알고 있었는데."

마마는 정말 알고 있었다는 듯이 웃으며 얘기했다.

"시간이 지나면 네가 나를 다시 찾을 거라고 생각했어."

"마마, 그때는 제가 너무 어렸어요. 죄송해요."

"아니야, 이렇게 와 줘서 고마워."

변한 것 하나 없는 마마의 집을 떠나고도 난 그곳을 떠난 것 같지 않았다. 그녀가 내게 한없이 베풀어 준 따스함이 온몸을 적신 덕분이었다.

세월이 무색하게 그녀는 내게 자주 메시지를 보냈다. 여전히 띄어쓰기 하나 없이 예전처럼.

'예솔, 여행잘하고있지? 널위해기도할게. 난널항상응원한단다.'

교환 학생 시절, 타지에서 의지할 수 있는 마마가 있어 큰 위안과 힘이 되었다. 또다시 그녀의 존재는 여행하는 내내 힘이 돼주었다. 지구 어딘가에 나를 아끼고 사랑하는 누군가가 있다는 것은 큰 행복이었다.

호튼은 예나 지금이나 허허벌판에 집만 있는 시골이다. 그래서 더 소중하고 좋았다. 변하지 않고 그대로 있다는 것이 얼마나 아름다운 것인지를 알았기 때문이다. 그리고 무엇보다 그곳에 4년 전과 똑같은 마마가 있기 때문이다.

위험한 나라,
평온한 일상

멕시코 멕시코시티

"멕시코에 간다고? 가지 마. 거기가 얼마나 위험한데!"

미국 친구들은 멕시코시티에 간다는 나를 만류했다. 여성에게 안전하지 않은 여행지 2위가 멕시코시티라는 기사를 보여 주며 이래도 갈 거냐고 물었다.

"멕시코를 가 본 사람들은 멕시코가 정말 좋다고 하는데, 꼭 안 가 본 사람들이 그런다니까!"

반박은 했지만 나도 무서웠다. 멕시코를 여행할지 아니면 멕시코를 지나쳐 남미를 갈지, 어떤 선택도 쉽지 않았다. 세계 여행을 이미 4개월이나 됐어도 중남미는 넘어설 수 없는 장벽과도 같았다.

"멕시코시티에 아는 친구가 있는데, 너 재워 달라고 해 볼까?"

"응, 부탁해."

여행을 앞두고 두려워하는 내게 멕시코를 여행했던 친구가 구원이 손길을 내밀었다. 하지만 돌아오는 대답은 절망적이었다.

"멕시코 친구가 그때 다른 사람들이 와서 안 된대."

"어쩔 수 없지."

"그래서 다른 친구한테 부탁했는데 좋다고 했대. 여자이고 영어도 잘한대!"

"정말? 고마워."

친구의 친구도 아닌 친구의 친구의 친구인 그녀. 그래도 마냥 무섭기만 한 멕시코에 아는 이가 한 사람이라도 있다는 사실을 위안으로 삼으며 멕시코시티로 향했다.

그녀의 이름은 야즈. 나보다 1살이 많은 그녀는 왜소한 체격에
웃음이 많았다. 영어를 유창하게 구사했는데, 직업은 의사라고
했다. 그녀는 퇴근 후라 피곤할 텐데도 불청객인 내게 멕시코
음식을 직접 만들어 주었다. 음식을 준비하는 모습을 보며
미안해하는 나에게 그녀가 말했다.

"멕시코에는 우리 집은 너희 집(Mi casa tu casa)이라는 말이
있어. 네 집처럼 편하게 지내."

세상에 이런 천사가 있을까 싶은 생각까지 들면서, 멕시코에
오기 전에 두려워하며 망설였던 내 모습이 떠올랐다.

'친구들 얘기 듣고 안 왔으면 정말 후회했겠다.'

다음 날, 그녀가 출근할 때 같이 나가려고 일찍 일어났다. 하지만
그녀는 나를 보고 얘기했다.

"피곤할 텐데 푹 쉬어. 열쇠는 이거 쓰고, 식탁에 음식 차려
놓았으니까 배고플 때 먹어."

난생처음 보는 사람한테 어떻게 열쇠를 맡기고 아침 식사까지
차려줄 수 있을까? 내게는 신기할 따름이었다.

하지만 그녀가 떠난 후 외출을 했던 난 아무것도 할 수 없었다.
세계 어디에서나 통했던 영어가 통하지 않았기 때문이다.
그곳에서 사용되는 언어는 스페인어였다. 게다가 거리를
걸어가는데 멕시코 사람들이 나를 흘겨보며 휘파람을 불거나

말을 걸었다. 무슨 말인지 알아듣지도 못하는데 다가오기까지 하니 두려워서 피하게 되었다. 결국 집 밖으로 나간 지 1시간만에 돌아와 그녀가 퇴근해 귀가할 때까지 기다렸다.

그리고 그녀가 돌아오자마자 푸념하듯 오늘 하루 있었던 일을 얘기했다. 그녀는 내 말을 듣고 말했다.

"네가 무서워하는 건 이해하지만, 여기도 사람들이 사는 곳이야. 누군가에게는 일상이고, 삶의 터전이지. 내 말을 믿고 돌아다녀 봐. 괜찮을 거야."

그녀의 말을 듣고 부끄러웠다.

그리고 회사에 근무할 때 외국인 주재원들이 한국에 오기 전에 무서워한다는 이야기가 생각났다. 전 세계에서 유일한 분단국가라는 사실이 그들에게는 공포스러웠던 것이다.

이러다가 전쟁이 나는 것 아니냐는 질문도 많이 받았었는데 그때 나는 한국만큼 안전한 나라는 없다고 강조했었다. 그런데 내 모습이 예전의 그 외국인들과 별반 다를 것이 없었다.

그래도 휘파람을 불면서 갑자기 와서 말 거는 건 무섭고 이해가 안 간다고 하자, 그녀는 웃으며 대답했다.

"요즘 멕시코에서는 케이팝이 한창 유행이야. 한국 화장품, 한국 빙수 집, 케이팝 클럽까지 생길 정도로. 심지어 멕시코시티에 잘생긴 한국인이 있는데 그에게는 100명이 넘는 팬클럽 회원이 있대. 물론 안 좋은 의도로 접근한 사람도 있겠지만 대부분 사람들은 네가 한국인이어서 말을 걸고 싶었을 거야.

멕시코인들은 감정을 스스럼없이 표현하는 편이거든. 그러니깐
기분 나쁘게 생각하지 마."

어떻게 보면 달가운 말이 아니었을 텐데, 내 입장에서 생각해
주는 그녀가 고마웠다.

그녀의 말에 용기를 내서 다음 날부터 혼자 돌아다니기
시작했다. 마음을 열고 마주한 덕분인지 멕시코가 사뭇
다르게 다가왔다. 길을 못 찾아서 헤매는데 목적지까지
데려다 준 아저씨, 시장에서 오렌지주스를 사고 얼마를 내야
할지 몰라 당황해하는데 옆에서 돈을 대신 내준 아주머니
등 언어가 통하지 않아도 어떻게든 도와주려고 하는 이들을
만났다. 그리고 길거리 공연을 구경하는데 나를 보고 <강남
스타일> 춤을 춰 보라며 친근하게 말을 거는 사람들, 케이팝을
좋아한다며 같이 사진을 찍자고 하는 아이들…….

경계심을 버리고 열린 마음으로 다가가니, 멕시코인들은
따뜻하고 흥이 많다는 것을 느낄 수 있었다. 또한 한국에 대해
많은 관심을 보이는데, 나는 멕시코에 대해 아는 게 별로 없어
미안할 정도였다.

≋

어떤 장소가 좋은 여행지로 기억되는 건, 얼마나 마음을
여느냐에 달려 있다. 분명히 중남미 국가가 한국보다 치안이

안 좋은 것 사실이다. 하지만 내가 간 길은 이미 수천만 명의
여행자가 지나간 길이다. 그리고 내가 두려워하는 그곳도
누군가에게는 일상이고, 보금자리이고, 고향이다.
그 이후로 여행할 때 두려워지면, 나는 이렇게 되뇌었다.
'내 자신을 믿고, 세상 사람들을 믿자!'

인생 친구를
얻다

멕시코 쿠에르타바카

여행에서 만난 인연은 참 신기하다. 며칠 전만 해도 내 인생의
무대에 존재하지 않는 사람들이었지만, 어느 순간 엑스트라가
되어 나타나기도 하고, 조연이 되기도 한다.

"평생을 다른 환경, 문화에서 자랐는데, 너랑 얘기하면 또 다른
나와 얘기하는 것 같아. 우리 어쩌면 이렇게 잘 맞을까?"

야즈와 대화를 하면서 가장 많이 했던 말이다. 나이가 들면서
자신과 꼭 맞는 친구를 사귀기가 쉽지 않다고 느꼈다. 하지만
정말 신기하게도 야즈와 나는 많이 비슷했다. 우린 서로에게
푹 빠져 그녀가 퇴근하고 나면 잠들기 전까지 늘 대화의
꽃을 피우곤 했다. 어떻게 지구 반대편 멕시코에 사는 그녀와
누구보다 잘 맞을 수 있는지 신기했다.

우리는 현재에 안주하기보다는 세상을 탐험하고, 인생 그 자체에
흠뻑 젖고 싶어하는 기질이 충만하였다. 연애할 때 해바라기
성향을 보이는 것까지 비슷했다. 성향과 세상을 바라보는 태도가
비슷한 친구와 대화를 나누는 것은, 내 생각을 한차례 정리하는
계기도 되었다.

정말 잘 맞고 친해졌지만 사실 야즈는 멕시코에 오기 전만 해도
알지 못했던 사람이다. 아무리 얼굴이 두꺼운 장기 여행자라고
하더라도, 그녀의 집에 오래 머무는 건 미안하고 눈치가 보였다.
야즈네에서 벌써 5일간 머물렀고 곧 주말이었다. 직장인에게
주말이 얼마나 꿀 같은 시간인지 알기에 나 때문에 불편할
것 같다는 생각도 들었다. 그녀의 주말까지 침범할 수 없었다.

그런데 그녀가 출근하기 전 내게 물어봤다.

"주말에 뭐할 거야?"

"이제 다른 곳으로 가려고."

그런데 그녀는 생각지도 못한 제안을 했다.

"부모님 댁에 같이 가자. 우리 가족이 너 보고 싶대."

그녀의 눈을 보니 빈말이 아니라 진심인 것을 알 수 있었다. 자라온 동네랑 가족을 꼭 보여 주고 싶다는 것이다. 그렇게 난 다음 날 배낭을 가볍게 메고 야즈와 1박 2일 여행을 떠났다.

그녀의 부모님 댁은 멕시코시티에서 2시간 거리에 있는 쿠에르타바카였다. 인터넷에도 정보가 잘 안 나오는 작고 아늑한 마을이라서 관광객은 찾아볼 수가 없었다. 도착하자마자 신이 난 야즈는 단골이라는 타코 집으로 나를 이끌었다. 주인 아주머니는 야즈에게 반갑게 인사를 건네며, 옥수수 가루로 반죽한 또띠아를 바로 구워 타코를 만들어 주었다. 서로 마주 보고 타코를 입 안에 집어넣는데 마치 어릴 적 친구와 함께 동네 떡볶이집에 있는 듯했다.

잠시 뒤 야즈의 부모님을 찾아 뵈었다. 약간 떨리는 마음으로 집에 들어갔다. 기대도 됐지만 신세를 진다는 생각에 죄송하기도 했다. 하지만 날 보자마자 야즈의 부모님은 환한 미소로 볼 뽀뽀를 하며 반겨 주셨다. 짧은 스페인어로 감사하다고 연거푸 말하는 내게 그들은 야즈가 내게 했던 말을 똑같이 들려 주었다.

"우리 집은 너희 집이야(Mi casa tu casa). 편히 지내."

야즈는 딸 4명과 아들 1명이 있는 이 집안에서 첫째였다. 야즈가 왔다는 말에 가족이 다 모였다. 언니가 왔다고 행복한 미소를 지으며 하나라도 더 챙겨 주려는 동생들, 엄마아빠와 손을 잡고 대화를 나누는 야즈를 보며 야즈가 왜 이렇게 괜찮은 사람인지 알 수 있었다. 그들과 대화하는 데 어려움이 있었지만, 그들의 온기는 내게 오롯이 전해졌다.

야즈의 동생들은 내 손을 이끌고 동네 이곳저곳을 구경시켜 주었다. 야즈의 부모님은 다양한 음식을 먹여 주고 싶다며 나를 그들의 단골 식당에 데려가셨다. 그리고 맛있게 먹는 나를 지긋이 바라보면서 계속 음식을 내 접시에 덜어 주셨다.

그곳에서의 1박 2일은 마치 가족들과 시골 할머니 댁에 놀러 간 것 같았다. 따스했고, 푸근했으며, 향기로웠다. 야즈뿐만 아니라 그녀의 가족들과의 만남 이후로 멕시코를 어찌 사랑하지 않을 수 있었겠는가.

≋

서로가 좋고, 서로에게 익숙해져 난 그녀와 무려 10일이라는 시간을 함께했다. 헤어질 때 그녀가 말했다.

"여기가 네 집이라 생각하고 지칠 때 언제든 놀러 와. 연락 안 받으면 받을 때까지 끝까지 할 거니까 계속 연락하고. 그리고 나 대신 세상을 한껏 누려야 해."

그녀로 인해 멕시코는 어느새 내가 사랑하는 나라가 되어
2개월이나 더 머물게 되었다. 그리고 중미에 이어 쿠바 여행까지
끝내고 남미를 넘어가기 전에, 마치 우리 동네를 찾아가듯
멕시코에 있는 그녀의 집을 다시 찾게 되었다. 멕시코에 다시
가는 내 마음은 3개월 전과 180도 달랐다. 더 이상 멕시코가
무섭지 않았다. 내 소울메이트가 사는 곳이자, 중미에서 내가
쉬어갈 수 있는 따스한 집과 포근한 가족이 있는 곳이었다.
누군가가 자신에게 잘해 주면 다 이유가 있어서라고 생각하기
쉽다. 하지만 아무 이유 없이 한없이 퍼 주는 그녀를 보며, 나
또한 그녀처럼 향기로운 사람이 되고 싶다고 생각했다. 그리고
다짐했다. 이렇게 내게 사랑을 베풀어 준 이들이 한국에 오면
나도 그들처럼 사랑을 베푸는 사람이 되겠다고 말이다.

☼

난 평소에 남과 비교를 하지 않아.
하지만 딱 하나의 상황에만 비교해.
상대방과 비교하여 내가 더 가진 것이 많을 때,
그래서 상대방에게 조금이나마 도움을 줄 수 있을 때.
그때를 제외하고 비교하지 않아.
난 나의 인생을 살아가듯, 다른 사람들도

각자의 인생을 살아가는 거잖아.

- 멕시코 친구 야즈의 말 중에서

나는
천사들을 만났다

페루 쿠스코

마추피추만 보고 떠나려 했던 도시 쿠스코, 그곳에서 생각지도
못하게 열흘이나 머물게 되었다. 바로 광복 70년 특집으로
페루로 촬영을 온 <인간극장> 팀을 만났기 때문이다.
한국이었으면, 만나기도 힘들고 설사 만났더라도 친해지기는
힘들었을 것이다. 감사하게도 피디님은 장기 여행하는 내가
대견했는지 나를 정말 잘 챙겨주었다. 촬영팀 덕분에 곁눈질만
하던 음식점에서 먹고 싶은 것을 마음껏 먹을 수 있었다.
하지만 맛있는 음식보다 좋았던 건 <인간극장> 촬영 현장에
함께할 수 있는 것이었다. 페루에서 <인간극장> 팀과의 동행,
얼마나 이색적인가?
그러던 어느 날 피디님이 내게 제안을 했다.
"예솔아, 봉사 활동 하러 갈래? 어려운 거 없어. 학교 벽에
페인트칠 해 주고 아이들이랑 같이 시간 보내면 돼."
"좋죠! 저 아이들 좋아해요."
즐거운 마음으로 피디님과 사람들과 함께 쿠스코를 벗어나
3시간 동안 굽이진 길을 따라 학교로 향했다. 그런데 가는
도중에 피디님이 예상치 못한 말을 덧붙이셨다.
"사실 그곳이 있는 아이들 대부분이 어렸을 때 버려지거나
성폭행을 당했었대."
알고 보니 우리가 가는 곳은 상처를 지닌 25명의 10대 소녀들이
함께 생활하는 보육원이었다. 아이들은 외부로 나가지 않고
보육원을 집과 학교로 삼아 그 안에서만 모든 생활을 한다고

했다.

가벼웠던 마음이 이내 무거워졌다. 그리고 걱정되기 시작했다. 그들을 만나면 어떻게 대해야 하고 도대체 내가 무엇을 해 줄 수 있을까. 어떤 얼굴로 그들을 맞이해야 하는 걸까.

하지만 차에서 내리자마자 걱정이 사라졌다. 마중 나온 아이들이 환한 미소로 날 맞아 주었기 때문이다. 먼저 마음을 열고 다가와 준 아이들을 보니 안타깝기도 하고 대견스럽기도 했다. 그리고 내 마음도 자연스레 열릴 수밖에 없었다. 언어가 통하지 않았지만 문제가 되지 않았다. 무엇보다 아이들이 적극적으로 날 이끌어 주었다. 내 손을 잡고 텃밭으로 가서 꽃구경을 시켜 주고, 자기들이 시범을 보이며 게임을 가르쳐 주었다. 그리고 수녀님에게 배운 노래를 율동하면서 불러 주기도 했다.

어떻게 이렇게 밝을 수 있을까? 한참 동안 시간이 가는 줄도 모르고 아이들과 놀고 있는데, 피디님의 목소리가 들려왔다.

"예솔아, 페인트칠 해야지."

아이들과 놀다가 페인트칠 하는 것을 깜빡 잊었던 것이다. 페인트칠은 생각보다 간단했다. 낡아서 누렇게 바랜 보육원 건물 벽을 알록달록 동그라미로 가득 채우는 것이었다. 이곳의 아이들이 알록달록한 꿈을 꾸기 바라는 마음으로 빨간색, 노란색, 파란색 페인트를 칠했다. 그러자 잠시 뒤 아이들도 삼삼오오 모이더니 직접 페인트칠을 하기 시작했다. 키가 닿지 않는 곳은 의자 위에 올라가 색을 칠했다.

2살짜리 아기를 안고 있는 18살 소녀도 나를 도와준다며 페인트 통을 들어 주었다. 꽃다운 나이에 엄마라는 무게에 짓눌려 있던 소녀가 조금이라도 내게 도움이 되고 싶어 하는 모습이 무척 대견했다. 그렇게 나를 도와주려고 하는 소녀들 덕분에 4시간이 걸릴 일을 1시간 만에 끝낼 수 있었다.

페인트칠이 끝나고 유난히 나를 잘 따르던 한 아이가 자기 방을 보여 준다며 나를 이끌었다. 그런데 방을 보고 나는 안타까움을 금치 못했다. 30평 아파트의 마루 크기 정도 되는 공간에 2층 침대 24개가 다닥다닥 붙어 있었다. 게다가 온 건물에 화장실은 단 2개뿐이었다. 오랫동안 여행하며 다양한 환경에서 잠을 잤던 나였지만, 정말 그곳에서는 하룻밤도 머물기 힘들 것 같았다. 그런데 아이는 마치 가장 아끼는 물건을 자랑하듯이 환하게 웃으며 얘기하는 것이 아닌가.

"내 침대는 이거야."

조심스럽게 불편하지 않느냐고 묻는 말에, 전혀 그렇지 않다며 이곳에서 사는 것이 좋다고 해맑게 답했다. 떠날 시간이 되자 몇몇 친구들은 울음을 터뜨렸고, 날 안아 주면서 꼭 다시 오라며 배웅해 주었다.

내가 당연하게 누려 왔던 것들을 이 아이들은 갖고 있지 않았다. 또한 과거의 일로 당연히 사람이 두려울 수밖에 없고, 마음을 열기 어려울 수밖에 없을 거라고 난 지레짐작했다.

하지만 그들은 내가 만난 어느 10대보다도 밝고 살가웠다. 그런 아이들을 돕기 위해 내가 봉사 활동을 하러 왔다는 자체가 우스웠다.

봉사 활동은 일방적으로 도와주는 것이 아니었다. 서로 인연을 만들어 가고 서로를 채워 주는 것이었다. 봉사 활동을 한다는 명분으로 내가 더 많이 배우고 느낀, 지극히 이기적인 하루였다. 그렇게 천사 소녀들은, 내가 그들의 벽을 알록달록하게 칠한 것보다 더 짙게 쿠스코의 기억을 물들여 주었다.

☀

우리는 다른 사람과 결합되었을 때, 보다 나은 사람이 된다.

- 《세상에서 가장 이기적인 봉사 여행》중에서

여행이란
인연을 만드는 것

'안녕? 페트리시오! 나 조이야. 혹시 나 기억하니? 지금 살타 여행 중인데 부에노스아이레스에 가려고 해. 네가 생각나서 연락했어.'

무턱대고 메시지를 보내며 여행하면서 낯짝이 너무 두꺼워졌다는 생각에 머쓱했다. 페트리시오는 3년 전 직장에서 만났던 아르헨티나인이다. 그가 한국을 떠난 후에는 한 번도 연락하지 않다가, 부에노스아이레스에 가기 직전에야 떠올라 메시지를 보냈다. 한국에 있을 때도 따로 밥 한 끼를 먹거나 개인적인 대화를 해 본 적은 없는, 그저 '아는 사이' 일 뿐이었다. 하지만 아르헨티나에 누구라도 아는 사람이 있다는 사실만으로도 안심이 될 것 같아서 민망한 마음을 무릅쓰고 연락을 한 것이다.

그런데 그의 대답은 의외였다.

'조이, 오랜만이야. 반가워. 여기 있는 동안 도와줄 거 있으면 언제든지 얘기해. 그리고 내가 부에노스아이레스 구경시켜 줄게. 만나자!'

우리는 다음 날 내가 머무는 숙소 앞에서 아침 10시에 만나기로 했다. 사실 그가 정말 올지 의문이 들었다. 숙소를 나오니 비까지 추적추적 내리고 있었다. 그런데 그는 오히려 미리 나와 우산을 들고 날 기다리고 있었다.

"비 오는데 괜찮겠어? 내가 오늘 부에노스아이레스를 제대로 보여 줄게."

VIP 개인 가이드가 있다면 이런 걸까? 그는 보수를 두둑이 받은 가이드처럼 구석구석 구경시켜 주며 성심껏 설명해 줬다.

"콜론 극장은 세계 3대 오페라 극장인데, 저렴하게 스탠딩석을 구입할 수 있어. 기회가 되면 꼭 봐."

"아르헨티나는 중남미 나라 중에서 최초로 100년 전에 지하철이 생겼을 만큼, 세계에서 부자 나라 중 하나였어. 생각해 봐. 1910년대부터 이곳에서 지하철이 다녔던 거야."

"이 길은 '7월 9일 대로'라고 해, 세계에서 가장 넓은 길이지."

한국에서 지낸 적이 있는 그는 내 눈높이에 맞춰서 설명해 주었다.

"여기는 부에노스아이레스대학교 공대 건물이야. 한국의 대학 캠퍼스랑은 또 다르지? 아르헨티나에는 네가 부러워할 수도 있는 제도가 있어. 한국은 등록금과 병원비가 비싸서 사람들의 부담이 크잖아. 그런데 아르헨티나는 국·공립대학교의 등록금도, 국·공립병원의 치료비도 무료야."

비가 와서 실내에 들어가고 싶을 법도 한데, 그는 여러 건물 앞에 멈춰 서서 열심히 설명해 주었다. 그 덕분에 첫날부터 부에노스아이레스에 대한 기대감이 커지기 시작했다.

그렇게 몇 시간이 지나고 출출해지자, 그는 자신의 단골집으로 날 이끌었다. 자리에 앉고 나서야 우리는 비로소 서로의 안부를 물었다.

"회사는 잘 다니고 있지?"

"아니, 3주 전에 그만두었어. 한 달 후에 아내와 마드리드에 가서
MBA를 딸 계획이야."

그의 대답에 나는 적잖이 놀랐다. 그는 마흔이 넘은 나이였고,
좋은 회사에서 충분히 인정을 받고 있었기 때문이다. 그런 그가
안정된 삶에서 벗어나 새로운 공부를 하기 위해 도전한다는
것이다. 아직 집을 구하지 못해 일단 마드리드에 가서
에어비앤비AirBnB에 지내며 집을 알아볼 것이라고 했다. 그리고
덧붙여 얘기했다.

"아직 살아갈 날이 반 이상 남았잖아. 남은 인생은 지금까지와는
다르게 살아 보고 싶어."

한국에서 만났던 그는 무미건조하게 살아간다 생각했던 성향의
사람이었다. 그래서 나는 업무상 스쳐 지나가는 수많은 외국인
중 하나로만 여기고 궁금해하지도 관심을 갖지도 않았다. 하지만
그는 누구보다 도전적이었고 자신만의 신념이 있었다. 왜 3년
전에 그 사실을 알지 못하고, 알려고 하지도 않았을까?

나는 그에게 한국에서는 한 번도 물어보지 않았던 질문을 했다.

"한국에서 지내는 것은 어땠어?"

"참 좋았어. 그런데 한국에서 직장 생활은 크게 만족스럽지는
않았어. 한국 사람은 일 자체를 즐기는 게 불가능하다고
생각하는 것 같았지. 그런데 한국 생활하면서 남은 것이 하나
있더라."

"뭔데?"

"사람. 그곳에서 만났던 사람이 남더라고. 우리가 이렇게 여기서 만날지 누가 알았겠어? 그런데 지구 어딘가에서 다시 만날 수 있더라고. 그거 알아? 한국에서 만났던 스페인 친구가 마드리드에 가는 데 얼마나 큰 도움을 줬다고."

그러더니 그는 갑자기 내게 고맙다고 말했다.

"연락하기 힘들었을 수도 있는데, 이렇게 먼저 연락해 준 거잖아. 외국인을 대하는 걸 두려워하거나 부끄러워하는 사람이 많은데, 그런 것 없이 먼저 연락할 수 있다는 게 너의 큰 장점이야."

그의 말에 진심이 느껴져 너무 부끄러웠다. 만약 그가 한국에 와서 갑자기 내게 연락했으면 난 아마 만나지도, 그리고 이렇게 진심이 담긴 얘기도 못했을 것 같다. 그런데 그는 하루의 시간을 내주는 것도 모자라 나를 칭찬하며 고맙다고 하다니. 게다가 그는 주소와 전화번호를 적어 주며 얘기했다.

"아르헨티나에 있으면서 무슨 일 있으면 언제든지 연락해. 내가 도와줄게. 아! 스페인 오면 연락해. 그때 다시 만나자."

까마득하게 잊고 살았던 그를 3년 후 다시 만나게 되었다. 내 인생에 스쳐 지나가는 사람 정도로 생각했던 그는, 지구 반대편 아르헨티나에서 나의 친구가 되어 주었다. 그리고 내가 마음 편히 아르헨티나에 머물 수 있게 성심껏 도와주었다.

≋

한국에서 많은 외국인을 만났지만, 그들은 언젠가 한국을 떠날
것이고 그렇게 되면 다시는 못 볼 거라고 생각했었다. 그러나
그때는 알지 못했다. 그들이 나의 세계 여행 곳곳마다 나타나
최고의 가이드가 되어 주고, 마음 놓고 여행할 수 있는 안식처
같은 존재가 되어 주며, 여행을 풍요롭게 장식해 주게 될지
말이다.

사람의 인연은 정말 알 수 없다. 다시 보기 어려울 거라고
생각했던 사람들을 여행하면서 20명 가까이 만났다. 특히
페트리시오와의 만남을 통해 한쪽 면만 보고 사람을 판단하면
안 된다는 것을 깨달았다. 언제나 진심으로 어떠한 인연도
소홀하게 대하지 않는 따뜻한 사람, 그는 내가 닮고 싶은 그런
사람이었다.

괜찮아, 청춘이잖아

진짜 자유란
무엇일까?

네덜란드 위트레흐트, 암스테르담

'네덜란드에 오면 연락해! 우리 집에서 지내도 돼.'

유럽 여행 중인 사진을 SNS에 올렸더니 반년 전 과테말라에서 만났던 네덜란드인 친구가 연락을 했다. 사실 나는 네덜란드에 대해 좋지 않은 이미지를 갖고 있었다. 한국에서는 상상할 수 없는 것들이 이곳에서는 가능하기 때문이다. 우리나라에서는 불법인 대마초가 합법인 나라, 성매매가 합법이어서 홍등가 투어가 있다는 나라, 동성 결혼과 매춘, 안락사까지도 합법인 나라, 한국과는 너무 다른 나라. 어쩌면 그래서 네덜란드에 대한 호기심이 생겼는지도 모른다.

친구의 집은 암스테르담에서 1시간 정도 떨어져 있는 도시인데, 토끼 캐릭터 미피의 고향으로 유명한 위트레흐트에 있었다. 도착하는 날, 친구가 중앙역으로 마중을 나왔다. 당연히 차를 가지고 왔을 거라고 생각했는데, 자전거를 타고 왔다는 것이다. 20분 정도 걸린다며 나를 자전거에 태웠다. 그리고 절대 가볍지 않은 나와 20킬로그램이 넘는 가방까지 싣고 쌩쌩 달렸다. 주위를 살펴보니, 자전거로 아이들을 등교시키는 사람, 함께 자전거를 타는 노부부, 장을 한가득 보고 자전거로 집으로 가는 주부, 같이 자전거를 타는 연인들 등 흔히 유럽을 생각할 때 떠오르는 평화롭고 여유로운 풍경이 눈앞에 펼쳐지고 있었다. 친구는 무려 같은 학교 학생 10명과 집을 빌려서 나눠 쓰고 있었다. 한 층에 방이 4개 있고, 주방, 화장실, 샤워실을 공유하는 형태였다. 들어가니 각 방 친구들이 나와서 인사를 했다.

네덜란드는 땅이 작아 대학생들 사이에서 집을 공유하는 것이
자연스럽다고 설명했다.

그는 자전거를 타고 학교에 들렀다가 근처 보트에 있는 컬처
바culture bar에 가자고 제안했다. 자전거가 전체 교통수단의
40퍼센트 이상을 차지하는 네덜란드에는 거의 모든 곳에 자전거
도로가 있고 자전거용 신호등까지 따로 있었다. 학교까지 가는
풍경은 녹색이 가득한 초록 세상이었다. 이곳이 네덜란드에서
4번째로 큰 도시인데도, 학교 뒤 들판에서는 소와 염소가 풀을
뜯고 있었다. 무척 낯선 풍경이었다.

학교에서 볼일을 보고선 컬처 바로 향했다. 어떤 곳인지
궁금했다. 보트에 있다니 더 궁금했다. 그런데 보트에
들어가기도 전에 퀴퀴한 냄새가 풍겨 왔다.

"도대체 이거 무슨 냄새야?"

친구의 대답은 가히 충격적이었다. 대마초란다. 카페에 들어가
돈을 건네고 약초와 종이를 구매한 다음 그것을 돌돌 말아서
핀다는 것이다.

나는 놀란 눈으로 쳐다보며 우리나라에서는 불법이라고
이야기했다. 그러자 그는 네덜란드에서는 커피숍coffee shop이라고
되어 있는 곳이라면 대마초를 합법으로 필 수 있다는 더
충격적인 이야기를 들려줬다. 그렇다고 아무 데서나 필 수 있는
것은 아니며, 허가받은 곳에서만 필 수 있고 길거리에서 피다가
걸리면 엄청난 벌금을 내야 한다고 이야기했다.

나는 네덜란드 사람들은 자주 피냐고 물어보니, 실상 한 번도 안 펴 본 사람이 훨씬 많다고 했다. 그리고 컬처 바도 외국인들이 더 많이 찾는다고 말했다. 둘러보니 그의 말대로 그곳에 있는 네덜란드인은 소수였다.

≈

다음 날, 암스테르담에 갔다. 듣던 대로 홍등가에서는 남녀노소 할 것 없이 많은 관광객이 쇼윈도의 여자들을 구경하고 있었다. 그런 모습을 보고 놀라는 나에게 친구가 이렇게 말했다.
"저 사람도 보통 사람처럼 하나의 직업을 가졌을 뿐이야. 여느 직장인과 다름없이 세금도 내고, 법정 휴가도 받을 수 있어."
그곳에는 성을 테마로 한 박물관, 공연장, 상점 등이 있었고, 기념품마저도 성을 연상시키는 것들이 주를 이뤘다. 심지어 길거리에 파는 엽서조차도 너무 야했다. 성을 주제로 인간이 만들 수 있는 것은 다 만든 것 같았다. 게다가 커피숍에서는 대마초 냄새가 무척 심했다.
그런데 어제와 마찬가지로 홍등가를 기웃거리는 사람도, 대마초와 술에 취해 눈에 초점을 잃은 사람들도 대부분 외국인이었다.
자유를 주는 것이 모든 면에서 바람직하지는 않은 듯했다. 과연 어디까지 자유를 허용해야 하는지 참 어려운 문제다. 그런데 확실한 것은 네덜란드 사람들은 개방된 문화를 가진 만큼 열린 사고를 가지고 있었고, 다름과 새로움을 자연스럽게 수용하고 있다는 점이었다. 아직도 그들의 문화를 과연 어떻게 받아들여야 할지 의문이고 고민이긴 하지만 그들이 유연한 사고를 한다는 점만큼은 여행하는 내내 가슴속에 깊게 남아 있었다.

따뜻한 정으로
기억된 나라

벨기에 겐트

운하가 아름다운 벨기에 겐트의 외곽, 모두가 극찬하는 벨기에 생맥주를 마시고 싶어서 오후 1시에 밖으로 나왔다. 마침 바 하나가 열려 있었다. 이른 시간이어서 사람이 없을 줄 알았는데 의외로 어르신들 몇 명이 모여 있었다. 테이블이 4개밖에 없는 작은 가게였다. 쭈뼛쭈뼛 들어가 자리에 앉는데 사람들 시선이 온통 나를 향해 있었다. 알고 보니 이곳은 동네 어르신들의 아지트로, 관광객이 오는 것은 흔하지 않다고 했다. 맥주 종류가 너무 많아서 고르지 못하고 있는데, 옆에 푸근한 인상의 아주머니가 메뉴에 있는 맥주 하나를 손가락으로 가리키며 엄지손가락을 번쩍 들었다. 잠시 후 그 맥주가 내 앞에 놓여졌다. 아주머니는 한잔 산다며 벨기에 맥주를 음미해 보라고 했다.

"지금껏 먹어 본 맥주 중에 가장 맛있어요. 벨기에 맥주가 최고예요."

아주머니는 벨기에 맥주 맛에 매료된 나를 흐뭇하게 쳐다봤다. 잔을 비우기가 무섭게 주위에 계신 어르신들이 돌아가면서 맥주를 사 주었다. 한 할아버지는 바구니 가득 가지고 온 호두를 직접 까서 내게 건넸다. 다른 아저씨는 벨기에 초콜릿이 제일이라며 초콜릿을 주었다. 감사한 마음에 내 한복 엽서를 건네니, 다들 예쁘다며 내 사진을 빤히 쳐다보았다. 맥주를 맨 처음 대접해 주신 아주머니는 가방을 뒤지더니 본인 사진을 건네며 간직하라고 했다.

"8년 전에 남편이 먼저 세상을 떠나고 혼자 살고 있어. 하나밖에 없는 딸이 가끔씩 집에 놀러 오는데, 내게는 그게 삶의 낙이야.
그런데 오늘은 왠지 딸이 놀러 온 것 같아."
그러고는 내 얼굴과 손을 어루만지시며 나를 '아시아 딸'이라고
이야기했다.
"내일 아침 10시에 만나서 다른 바를 갈 건데, 같이 갈래?"
벨기에서 말하는 바는 술집보다는 카페에 가까워서 보통
아침 10시에 문을 연다고 했다. 은퇴한 분들이 바에 모여 커피나
맥주를 마시는 것은 흔한 일상이라고 했다.
"저야 너무 좋죠."
나의 대답을 듣고 아이처럼 즐거워하시며, 들어오는 손님마다
날 아시아 딸이라고 소개했다. 결국 난 3시간 만에 어르신들이
번갈아 사 주시는 벨기에 맥주에 두 손 두 발 다 들었다. 먼저
간다는 말을 하고 나서도 바를 떠나기까지는 시간이 한참
걸렸다. 그렇게 동네 바에서 만난 어르신들은 따분하게 느껴졌던
유럽의 평일 낮시간을 따스하게 만들어 주었다.

≈

사실 유럽을 여행하면서 남미가 많이 그리웠다. 유럽에서는
남미에서처럼 사람 간의 소박한 정을 느끼기 쉽지 않았기
때문이다. 길을 지나가면 먼저 인사를 건네고, 길을 물어보면
가이드 마냥 묻지 않은 것까지 가르쳐 주고, 춤추는 것을

구경하고 있으면 어느새 내 손을 잡아 당겨 춤추게 할 만큼, 관광객인 나를 친구로 대해 주는 곳이 남미였다. 그래서 진정 사람들이 어울려 살고 있다는 인상을 받았다.

그렇게 반년 동안 남미를 여행하고 온 유럽은 사람들이 다들 바빠 보이고 분위기도 삭막했다. 누가 관광객이고 현지인인지 분간이 안 갈 정도로 전 세계 사람들로 북적이지만 사람 사이의 끈끈한 정은 별로 못 느꼈다.

그런데 벨기에는 소박한 정이 있었다. 사실 벨기에에 오기 전, 나는 벨기에를 마치 비싸기만 한 실용적이지 않은 가방처럼 생각했다. 예쁘지도 않은데 비싸고, 크기도 작은. 그래서 한 달 동안 유럽을 여행하면서 벨기에를 지나치기만 했다. 파리를 여행하고 나서 벨기에를 지나쳐 네덜란드를 여행했고 다시 벨기에를 지나쳐 독일을 여행했었다. 하지만 이제는 유럽을 다시 찾는다면 유럽을 다시 찾는다면 벨기에를 꼭 올 것이다. 따뜻한 행복감을 느끼러. 그리고 나 또한 한국에서 외국인을 보면 웃으며 먼저 말을 건넬 수 있는 사람이 되어야겠다고 다짐을 했다.

인생 2막을
꿈꾸며

아르헨티나 부에노스아이레스, 독일 베를린

우리나라에 여행 오기 전, 외국인들이 품는 환상이 있다고 한다.
케이팝의 영향으로 길거리에 소녀시대, 동방신기처럼 예쁘고
멋진 사람만 가득할 거라고 생각한다는 것이다. 나도 특정한
도시, 국가를 여행하기 전에 환상을 품었던 적이 있다. '뉴요커
스타일은 정말 남다르겠지?', '영국 길거리에는 조각 같은 영국
신사가 가득하겠지?'라고 생각했었다. 하지만 상상과 현실
사이에는 큰 괴리가 있다는 것을, 늘 그곳에 가서야 깨닫는다.
그런데 부에노스아이레스에 간다는 사람들에게 내가 꼭 하는
말이 있다.

"그곳에서는 할아버지를 꼭 주목해. 정말 멋있거든!"
나이를 먹는 것은 서글픈 일이라고 생각했다. 늙으면 하고 싶어도
할 수 없는 것들이 늘어날 테니 젊음을 더 누리고 즐겨야 한다고
여겼다. 하지만 부에노스아이레스에서 할아버지들을 보면서
난생처음 노년의 삶이 궁금해지기 시작했다. 과연 나의 70대는
어떤 모습일까?

부에노스아이레스에서는 길게 늘어진 갈색 트렌치코트를 입을
할아버지를 쉽게 만날 수 있다. 코트뿐 아니라 빛나는 검정
구두, 체크무늬 머플러, 멋진 모자까지 갖춘 할아버지들이 많다.
서울이라면 젊은이로 가득 차 있을 레스토랑이나 카페에서도
멋지게 차려입은 할머니, 할아버지 커플들이 담소를 나누고
있는 모습을 자주 볼 수 있다. 심지어 세계 3대 오페라 극장으로
불리는 콜론극장에서 내가 후줄근한 차림에 3달러를 주고

스탠딩 공연을 볼 때, 우아하게 차려입은 70대 부부들은 앞 좌석에서 오페라를 즐기고 있었다. 탱고를 구경하려고 간 음식점에서 구경을 하던 60대 부부가 앞에 나가서 춤을 추기 시작하는데, 할머니의 얼굴에는 자신감과 우아함이 가득했으며 할아버지는 자연스럽게 할머니를 이끌었다. 그 순간만큼은 그들의 주름도 희끗희끗한 머리도 보이지 않았다. 인생을 즐길 줄 아는 남자이고 여자였다.

"진짜 인생은 50살부터야. 애들 다 크면 그때 너의 삶이 다시 시작되는 거지."

자신의 인생에 대해 당당하게 얘기하는 부에노스아이레스의 할머니를 보니 멋있기도 하고 쓸쓸하기도 했다. 한국의 어르신들도 이렇게 인생을 즐기며 살 수 있으면 좋으련만, 왜 우리에겐 이런 문화가 없는지 아쉬웠다.

≈

'마을버스를 타고 세계 여행을 한다고? 그것도 우리나라 50대 아저씨가?'

우연히 페이스북에서 놀라운 사진을 보게 되었다. 서울에서나 볼 수 있는 '종로 12번'이라고 쓰여 있는 녹색 마을버스가 남미 한복판에 있었다. 심지어 차 주인은 50대 아저씨로, 폐차 직전의 마을버스를 타고 8개월째 세계 여행을 하는 중이라고 했다.

평생 꿈꾸었던 세계 여행을 시작했다는 아저씨. 인생의 2모작을
시작하는 마음으로 평생 꿈꾸었던 세계 여행을 시작했다고
한다. 마을버스를 타고 뉴욕 타임스퀘어를 가고, 안데스 산맥을
넘는 모습을 SNS로 보면서 그를 응원하였다. 그를 꼭 한 번쯤
만나서 직접 마을버스를 타 보고 싶었지만, 이미 난 유럽에
있었고 어떻게 할 방법이 없었다.

그런데 어느 날, 아저씨가 유럽에 온다는 소식을 듣고 혹시나
하는 마음에 연락을 해 보았다.

'안녕하세요. 저는 세계 여행을 한 지 300일 된 김예솔이라고
합니다. 페이스북에서 보면서 꼭 뵙고 싶다는 생각을 했어요.
지금 유럽 여행 중인데, 혹시 겹치는 일정이 있으면 함께하고
싶습니다.'

아저씨는 이렇게 무작정 연락한 나를 반겨 주셨다. 그리고
차에서 같이 지내는 것은 많이 불편한 것이라고 걱정하며, 여행
스케줄은 차의 컨디션에 따라 달라지기 때문에 정확하지 않다는
이야기를 했다. 과연 말대로 버스가 말썽을 부려 몇 번이고
엇갈렸지만, 나는 꼭 만나야겠다는 일념으로 아저씨가 있는
베를린으로 갔다.

'우와! 베를린 한복판에서 한국 마을버스를 보다니!'
50대는 자신이 원하는 삶을 다시 출발할 수 있는 나이고,
자신이 진정 하고 싶었던 일을 시작하는 시기라고 말하는
아저씨. 용기와 열정만 있다면 나이는 정말 숫자에 불과하다는

괜찮아, 청춘이잖아

생각이 들었다. 어떻게 여행을 떠날 수 있었는지, 가족들의 반응은 어땠는지 궁금했다. 이야기를 들어보니 아저씨는 멋진 아버지이자 남편이었다. 가족들의 응원하에 이 여행을 시작했다고 했다. 가족 이야기를 할 때마다 표정과 말투에서 가족을 얼마나 사랑하는지 느껴졌다. 그를 보며 설레는 감정으로 상상하게 되었다. 나의 50대는 과연 어떨까?

아저씨와의 대화는 참 즐거웠다. 그는 인생 경험과 배울 것이 많은 '청년' 같았다. 그와 한동안 함께 여행하고 싶었지만 혹시 민폐를 끼치는 건 아닐지 걱정이 되었다.

"예솔아, 오늘 어디서 잘 거니?"

아저씨의 질문에 나는 염치 불구하고 이렇게 대답했다.

"오늘 마을버스 안에서 잘 거예요!"

"잘됐다. 내가 미리 네가 잘 곳까지 마련해 두었거든."

"정말요?"

내가 고마운 마음에 어떻게 그럴 수 있냐고 물었더니 감동적인 대답이 돌아왔다.

"넌 여행이 낳은 내 딸이잖아."

이때부터 난 임택 아저씨를 아부지, 마을버스에 탄 다른 아저씨를 삼촌이라고 부르기로 했다. 그리고 50대 아부지와 40대 삼촌, 20대인 나의 동행이 시작되었다. 300일 동안 많은 사람과 함께했지만 아저씨들과의 동행은 처음이었다. 그것도 유럽에서 녹색 마을버스를 타고 말이다. 여행은 참 신기하다.

여행자라는 공통분모 하나만으로 20대부터 50대를 이을
수 있으니까. 아저씨들과의 만남은 새롭게 여행을 시작하는
기분이었다.

☼

살아 보니까, 각자 본인을 둘러싼 삶이 안정적이라고 믿고
싶은 거지, 실제로 삶에서 확실한 것은 없더라.

- 세계 여행한 지 1년 된 70대 미국 할아버지의 말 중에서

길에서 만난 사람, 인연

마을버스로
유럽을 달리다

독일 베를린

여행할 때, 난 그 나라에서만 할 수 있는 이색 경험을 중요하게 여긴다. 라오스에서는 상공 50미터 나무집에서 2박 3일을 보냈고, 미국 LA에서는 미국 공군 기지를 방문했다. 에콰도르에서는 디스커버리 촬영 팀과 마야 문화 다큐멘터리 촬영에 동행했다.

하지만 유럽은 매우 유명한 관광지이다 보니 이색 경험이 가능할 것 같지 않았다. 그런데 녹색 마을버스(아부지는 이 버스한테 은수라는 이름을 붙여 주었다.)를 타고 유럽을 누비게 되다니. 유럽을 이렇게 이색적으로 여행할 수 있는 기회가 또 있을까? 설렘과 기대로 가득 찼다.

하지만 은수를 타고 여행을 시작하자마자 환상이 와장창 깨지고 말았다. 은수는 이미 10년 넘게 사용된 폐차 직전인 똥차였고, 10개월 동안 중남미를 다녀온 뒤라 성한 곳 하나 없는 시한부 인생 같은 차였다. 도시의 체류 기간은 우리가 아닌 은수가 정하는 셈이었다.

역시나 베를린에서도 은수의 컨디션은 좋지 않았다. 자동차 강국인 독일의 정비소를 찾아가 봐도, 하나같이 문제없다고만 했다. 문제는 은수가 도로 한복판에서 갑자기 멈춘다거나, 폭발할 것 같은 소리를 낸다는 것이었다. 그래도 험한 중남미 여행을 견뎌 냈다는 사실을 생각하며 일단 출발했다. 은수는 2~3시간을 달리면 반나절의 휴식 시간이 필요했다. 격일로 20유로 되는 보약(디젤)도 틈틈이 먹여 줘야 했다. 완전

괜찮아, 청춘이잖아

상전이었다. 너무 예뻐서 배가 불렀는지 요란한 소리를 내길래
한 대 때려 주면 이내 조용해지곤 했다. 어떤 때는 추운지 덜덜
떨기까지 했다.

우리는 어느 지역을 가든지 주유소와 마트를 먼저 찾았다. 특히
주차, 식사, 화장실을 한꺼번에 해결할 수 있는 마트 옆 주차장은
핫스팟hot spot이자 집이었다. 보통 유럽의 마트는 9시면 문을
닫기 때문에 그전에 모든 것을 해결해야 했다. 아부지 다음에
오랫동안 씻는 삼촌 그리고 마지막으로 내가 마트 화장실에
들어가 씻으며 직원들의 동네 거지 쳐다보는 듯한 눈빛도
감수했다. 다행히 춥지만 않으면 호스텔 침대보다 훨씬 넓고
생각보다 아늑한 버스 안에서 깊게 잘 수 있었다.

하지만 과연 이곳이 안전할지 가끔 걱정이 되었다. 남미에서는
자는 동안 누가 버스 문을 열고 들어와 가방을 통째로 가져간
일도 있었다고 했다.

고생을 사서 하는 스타일이라 웬만한 것은 힘들다고 느끼지
않는 나였지만, 분명 유럽인데도 남미를 여행하는 것만 같았다.
아무리 이색적인 경험을 좋아한다고 해도, 이건 이색적이다 못해
이질적이었다. 20대인 나도 이렇게 힘든데, 은수와 같이 10개월
동안 중남미를 여행했다니 아부지와 삼촌이 대단해 보였다.
나라면 못 하고 안 할 것 같았다.

여러 불편들이 있었지만 은수와 같이 여행하니 새롭게 여행을
시작하는 기분이었다. 유럽 여행은 언제든지 다시 할 수
있겠지만, 이런 여행은 평생에 다시 할 수 없을 것이다. 은수는
한번에 180도까지 다 보이는 전망을 가지고 있었다. 그런 버스를
타고 사람들의 시선을 받으며 유럽을 누비던 기분은 말로 다
표현 못 한다.

또한 한 치 앞을 몰라서 좋았다. 내가 어디서 잘지, 누구를
만날지, 아무것도 정할 수도 정해지지도 않았다. 처음에는
이렇게 계획 없이 다녀도 되는지 걱정이 되었지만, 신기하게
새로운 인연과 경험으로 가득 채워졌다.

그렇게 은수를 모시고 겨우겨우 독일, 체코, 오스트리아,
스위스까지 17일 동안 여행을 했다.

그동안 가장 좋았던 것은 아부지와 삼촌과 나누는 대화였다.
같은 사람과 대화를 반복하면 그 사람과 닮는다고 한다.
살아가면서 닮고 싶은 사람을 만나는 것이 쉬운 일은 아닌데,
내게 아부지와 삼촌이 그런 사람이었다. 두 분과 대화를 하면서
지금 당장뿐만 아니라 앞으로 펼쳐질 삶을 기대 가득한 눈으로
바라보게 되었다. 자식에게 끊임없이 새로운 세상을 보여 주는
삼촌을 보며 이상적인 부모의 역할을, 자식과 허물없는 친구처럼
지내는 아부지를 보며 내가 바라는 부모와 자식과의 관계를

그릴 수 있었다.

도전에 늦은 나이란 없다는 것을 행동으로 보여 주는 그들을 통해 자연스럽게 '난 50대에 어떤 삶을 살면서 인생을 꽃 피울까?'라는 상상을 하게 되었다. 그리고 상상으로만 가능하다고 생각했던 것들을, 실제로 이루는 그들과 함께 있다 보니 정말 가능하다는 사실을 깨달았다.

파독 광부와
간호사가 있었기에

독일 베를린

"한국 음식이 보약이지. 많이 먹어."

김이 모락모락 나는 밥, 침샘을 자극하는 닭볶음탕, 푹 익은 김치, 싱싱한 채소. 도대체 얼마 만에 먹는 집밥인가? 여행을 하며 한식으로 상차림을 받은 건 처음이었다. 이렇게 맛있는 한식을 차려 주신 분들은 다름 아닌 베를린에 사는 파독 간호사 할머니, 광부 할아버지였다. 이들은 한 끼도 모자라 몇 번이고 음식을 차려 주시고, 처음 보는 나를 3일 동안 재워 주셨다. 다른 이유는 없다. 단지 고국에서 온 청년이라고 나를 품어 주신 것이다. 그분들이 꽃다운 나이에 가족과 나라를 위해 이곳에 와서 지낸 지 어언 50년이 지났다. 한국의 발전을 도운 분들이지만 세월이 흐르며 그들에 대한 관심은 점차 희미해져 갔다. 하지만 조국에 대한 그들의 애정은 결코 희미해질 기미가 보이지 않았다. 그들은 내가 보았던 어느 누구보다도 애국자였다.

"찾아봐. 집에 한국 지도가 6개 숨겨져 있어."

집에는 우리나라 지도가 곳곳에 있었다. 보물창고라면서 나에게 보여주신 곳은 한국 역사 박물관을 연상하게 했다. 타자기, 1960년에 한국을 떠날 때 썼던 가방, 통일을 기원하는 부채, 세월의 흔적이 가득한 흑백 사진, 오래된 한국 서적, 광부로 일하면서 입은 작업복, 1990년도에 쓰인 편지도 있었다.

"아무리 젊은 나이에 독일에 왔어도 나의 뿌리는 한국이잖아."

할아버지는 일흔이 훌쩍 넘은 나이임에도 불구하고 독일 사회에서 한국인의 위상을 높이기 위해 노력하고 계셨다. 그

일환으로 '비전을 가져라, 진실해라, 역사의식을 가져라.'는 모토로 손기정 선생의 넋을 기리기 위한 제1회 손기정 마라톤 대회를 개최하기도 하셨다.

오래전에는 모든 것이 힘들게만 느껴졌을 것이다. 어린 나이에 독일에 와서 말도 통하지 않는 사람들 사이에서 홀로 적응하는 것도, 월급을 몽땅 고국으로 보내고 아껴 가면서 사는 것도 날이다. 한국에서 점점 그들의 존재가 잊히는 사실이 야속하지는 않을까? 그렇지만 할아버지는 이렇게 말씀하셨다.

"그런 일을 너희 세대가 안 겪는 게 정말 다행이지."

할아버지의 눈에 진심이 가득했다. 그들에 비하면 훨씬 좋은 환경에서 사는 세대이자, 그들의 공을 잊고 살았던 나를 할머니, 할아버지는 손녀처럼 예뻐하시며 이것저것 챙겨 주셨다. 할머니가 차려 주신 독일 스타일의 아침 식사를 하고, 할머니와 담소를 나누며 시간을 보냈다. 보약과도 같은 한식으로 저녁 식사를 하고, 식사가 끝나면 상상도 못 했던 반세기 전 얘기를 할아버지에게 들었다. 할아버지는 덤덤하게 헤쳐 온 삶을 이야기해 주셨다. 할아버지에게는 과거의 안 좋았던 것은 추억이고 즐거웠던 건 행복인 듯했다.

"삶은 멋진 거야. 그런데 네가 더 멋지게 만들어 나가야지."

그 집을 떠나던 날, 두 분은 옷과 이불을 두둑이 챙겨 주셨다. 감사 인사를 하며 신세만 지고 가는 것 같다고 얘기하는 내게 할아버지는 말씀하셨다.

"요놈, 참 대단한 놈이야. 한국에 돌아가서 열심히 살면 돼. 그것이 감사를 표하는 거야."

≋

여행을 시작한 뒤, 한국에서의 삶을 생각할 때 가장 그립고 소중한 것은 가족과의 소소한 일상이었다. 그러면서 욕심을 내려놓고 내가 가진 것에 감사하며 여행하려고 했다. 하지만 파독 할머니와 할아버지를 직접 만나면서 일상을 당연하게 여기던 내가 부끄러워졌다. 그리고 죄송했다. 그들의 존재를 알고는 있었지만, 진지하게 관심을 갖거나 깊게 감사함을 느낀 적이 없다는 사실이.

실제로 1960년대 파송된 1만 명의 파독 간호사, 8천 명의 파독 광부가 벌어들인 외화는 우리나라 경제 발전에 크게 기여했다. 만약 그들이 당시 개인의 행복만을 추구했다면 우리나라가 이 정도까지 발전할 수 있었을까? 그들의 희생과 노력이 있었기에 지금 세대가 많이 누릴 수 있다는 것을 깨달았다. 또한 그들을 보며 나만의 행복을 위해서가 아닌, 다음 세대에 미약하게라도 가치 있는 일을 하는 사람이 되고 싶다는 꿈을 품게 되었다.

☼

사랑하는 딸 현자야 보거라.

이 편지를 보게 되믄 도길이겄지.

항상 고맙고 든든한 우리 큰딸

너무 힘드면 돌아와라.

너무 멀리 보내서 어미 가심이 찌저진다.

오메, 이년아 돈 벌라고 밥은 절대 굶지 말거라.

어미 옆에서 가치 살자.

- 연극 <베를린에서 온 편지> 중에서

chapter 4

꿈을 이루며 내일을 희망하라

20살 일기에서
찾은 나

'몇 달 전만 해도 빨리 20살이 되고 싶었는데, 막상 그날이
눈앞에 다가오니 시간을 붙잡고 싶다. 나이만 먹었지, 난 아직
어린아이인 것만 같다. 성인이 된다는 것이 두렵다. 엄마아빠한테
떼쓰지도 못하고, 스스로 돈도 벌어야 할 것이다. 말 그대로
철없는 10대, 어린 시절은 지나고 나 스스로 책임질 수 있어야
하는 그런 때가 온 것이다. 아직 너무 두렵고 무섭지만…… 나
잘할 수 있겠지?'

2007년 12월 31일, 20살이 되기 몇 시간 전에 쓴 일기이다.
20살이 되기 전 두꺼운 일기장을 하나 샀다. 10대였던 내가 살 수
있는 것 중에서 가장 예쁘고 화려하면서 결코 해지지 않을 듯한
제품으로 골랐다. 고등학교 3학년 19살의 12월, 그리고 20살.
불과 한 달 차이인데 대체 무엇이 그렇게 다르게 느껴졌을까?
막상 20살이 된다는 것이 무서웠고 그런 압박감과 두려움을
어딘가에 토해 내고 싶었던 것 같다. 그 일기장은 10년째 내 곁에
있다. 내가 지닌 물건 중에서 가장 오래되었다. 물건에 애착을
많이 갖는 편이 아닌데, 이 일기장은 내가 아끼고 있다.

누구나 그럴 때가 있을 것이다. 세상에 혼자만 덩그러니 남아
있는 것 같을 때, 안 좋은 일만 계속 일어나서 세상이 나에게만
가혹한 것처럼 느껴질 때, 그런데 누구에게도 얘기할 힘도
용기도 없을 때 말이다. 그럴 때 난 자연스럽게 이 일기장을
찾는다. 일기장에서 나는 솔직하고 진실하다. 감정을 필터 없이
써 내려간 것이 고스란히 느껴진다. 이제는 단순한 일기장이

아닌, 나의 분신 같은 존재이다.

그런데 막상 힘을 얻게 되는 건 글을 쓸 때가 아니다. 썼던 글을 하나하나 곱씹어 볼 때다. '아, 그땐 그랬지.'라며 당시 일을 떠올리기도 하지만 대부분은 '아, 그때 내가 이랬어? 별것도 아닌데 왜 이렇게 세상만사 심각했지?'라고 생각되는 일이 더 많다.

2013년 8월, 그 당시에는 너무 힘들어서 '평생 잊지 못할 것이다.'라고 일기장에 적었다. 그런데 2016년에는 그 일이 기억나지도 않아서 '다 잊었어. 뭘 잊지 못해. 왜 이렇게 심각하니?'라며 나만의 메모를 쓴 적이 있었다. 그리고 이제는 그 일이 잘 생각나지도 않는다.

이렇듯 지금 내가 하는 고민도 몇 년 후에는 기억 못 할지도 모른다. 내가 심각하게 쓴 글도 10년 후에 본다면 마냥 귀엽게만 느껴질 수도 있다. 그렇게 난 힘들 때마다 20살 문턱부터 쓰기 시작한 일기장을 통해 자신을 토닥이고 위안하며 다시 일어서곤 한다.

잊었던
어릴 적 꿈을 이루다

에콰도르, 갈라파고스

"나중에 커서 뭐가 되고 싶어요?"

초등학교 시절, 누구나 받아본 질문일 것이다. 그러면 대통령, 미스코리아, 의사 등 제각각 신나서 대답했을 것이다. 티 없이 맑은 초등학교 시절, 세상에서 되지 못할 게 뭐가 있을까? 그런데 난 그 친구들에게조차도 말도 안 된다며 놀림을 받곤 했던 꿈을 갖고 있었다.

"전 나중에 인어공주가 될 거예요. 그래서 물개랑 바다를 헤엄치는 것이 꿈이에요."

나의 꿈은 에버랜드에서 시작되었다. 초등학교 시절 거의 매달 가족과 함께 에버랜드를 가곤 했다. 에버랜드에 가는 것은 초등학생인 내게 가장 신나는 일이어서 가는 날을 늘 손꼽아 기다리곤 했다. 내가 에버랜드를 좋아했던 이유는 놀이기구도 눈썰매도 아닌, 바로 물개 쇼 때문이었다.

텔레비전에서만 봤던 물개들이 내 앞에서 실제로 재주를 부리는 것이 신기하고 재미있었다. 물개랑 친구가 되고 싶어서 늘 맨 앞자리에 앉았지만, 가까이 가서 만질 수가 없었다. 그래서 물개 쇼가 끝날 때면 엄마에게 이렇게 얘기를 하곤 했다.

"엄마, 나는 인어공주가 돼서 나중에 꼭 물개랑 친구 할 거야."

그런데 이 말도 안 되는 꿈을 이룰 수 있는 곳이 세상에 존재하고 있었다.

≋

"뭐? 지천에 물개가 있고, 운 좋으면 바다에서 물개랑 수영도 할
수 있다고?"

살아 있는 생태계의 박물관이라고 불리는 '갈라파고스'
이야기를 듣고 내가 내뱉은 말이다. 그곳은 에콰도르의 수도인
키토에서 3시간 30분 정도 비행기를 타야 도착하는 섬이다.
아무리 바다, 동물에 관심 없는 사람들이라도 갈라파고스를
갔다 오면 하나같이 이렇게 말했다.

"남미 여행 중 갈라파고스가 가장 좋았어, 갈라파고스는 다른
세상이야."

하지만 가난한 배낭여행자에게 갈라파고스의 벽은 높기만
했다. 왕복 비행기만 해도 300달러가 들고 심지어 갈라파고스에
입장하기 위해 100달러가 별도로 든다는 것이다. 생태계 보호를
위해서라고 한다. 400달러면 배낭 여행자에겐 한 달 경비에
버금가는 금액인데 말이다. 그렇지만 어린 시절 꿈을 이룰 수
있는 기회를 놓칠 수 없어서 고민 끝에 티켓을 끊었다.

도착한 다음 날, 바로 140달러의 거금을 내고 스쿠버다이빙을
2번이나 했지만 물개는 만날 수 없었다. 꿈은 쉽게 이루어지지
않으니 꿈이 아닌가. 그렇다고 포기하기에는 너무 아쉬워서 다음
날 다시 도전했다. 보트 안에서 '제발 이번에는 물개를 꼭 보게
해 주세요.'라고 두 손 모아 기도하고 바닷속에 들어갔는데, 내

눈앞에 놀라운 광경이 펼쳐졌다. 열댓 마리의 물개가 헤엄치고 있던 것이다. 오랫동안 그려 오던 장면이 현실이 된, 그 감격과 황홀함은 어떠한 말로도 표현하기 어려웠다.

바닷속에서 나는 초등학교 5학년 김예솔 어린이로 돌아가 인어공주처럼 물개 거북이, 상어, 만타가오리, 바다 이구아나, 형형색색 물고기 친구들과 헤엄치며 돌아다녔다. 에버랜드 물개 쇼를 보고 품었던 순수한 꿈을 15년이 지나 지구 반대편인 갈라파고스 바다에서 이룬 것이다.

신기하게도 이곳에선 어떠한 동물도 날 피하지 않았다. '난 인어공주가 아닌 사람인데 어떻게 아무도 날 두려워하거나 도망가지 않지?'

그런데 비단 바닷속뿐만 아니다. 육지에 있는 동물도 마찬가지였다. 그 이유는 갈라파고스에 있는 규칙 때문이었다. 이곳에는 생태계를 보호하기 위한 엄격한 규칙들이 있었다. 동물에게 2미터 이내로 접근하거나 음식을 주는 행위가 금지되고 있었던 것이다. 그래서 동물들은 사람을 두려워하지도 피하지도 않는다. 그저 다른 모습을 한 친구로 여기는 듯했다. 갈라파고스에서는 에버랜드에나 가야지 볼 수 있었던 물개들이 육지에도 가득했다. 백사장 위에서 쌔근쌔근 단잠을 자고 있는 물개, 벤치 위에서 엄마 젖을 먹고 있는 아기 물개, 물가에서 신나게 헤엄치며 재롱 피우는 물개……

그리고 물개뿐만 아니라 다양한 동물들과도 친구가 될 수

있었다. 생선 파는 곳에는 떼 지어 찾아와 늘 외상을 하는
손님이 있었다. 혹시라도 생선 한 마리라도 얻어 먹을 수 있을까
목 빠지게 기다리는 페리카나들이다. 스노클링을 하러 가는
길에는 때때로 조폭 친구가 길을 막고 있다. 햇볕으로 일광욕을
하는 시크한 표정을 짓고 있는 이구아나들이다. 그런데 이곳
동물들에게 조금이라도 가까이 가려고 하면, 관리원들이
갈라파고스 내에서는 규칙을 지키라며 호통을 친다.
20세기 초까지는 갈라파고스도 다른 곳처럼 동물을 마구잡이로
잡았다고 한다. 하지만 1934년 동물 보호 구역으로 지정되고
1959년 에콰도르 최초의 국립 공원으로 선포된 후, 동물을
보호하기 위해 많은 사람들이 힘썼다. 그런 노력이 모여
갈라파고스는 꿈을 실현했다. 사람과 동물이 공존해서 살아갈
수 있다는 것, 지구상에 존재하는 생물체는 모두 소중하다는
것을 보여 준 것이다.

꿈을 이루며 내일을 희망하라

조화로운
삶

'여기가 중국이야, 말레이시아야, 아니면 인도야? 난 누구고, 도대체 여기는 어디야?'

여행이 길어지면 구경거리만으로는 쉽게 그 도시에 매료되지 않는다. 게다가 도시 간 이동 시간까지 길면, 그 도시에 도착하기 전부터 괜히 질려 버린다. 그런데 여행이 1년이 넘어가고, 심지어 태국에서 배와 버스를 연속으로 타 12시간이 넘어 겨우 도착한 그곳에서 지친 몸과는 상반되게, 나의 호기심과 오감이 다시 살아났다.

우리나라 사람들에게는 많이 알려지지 않은, 제주도 크기의 3분의 1도 안 되는 섬이지만 내가 하루 만에 푹 빠진 그곳은 바로 동서양 문화가 녹아 있는 말레이시아 페낭이다.

국교가 이슬람교인 말레이시아에서는 하루에 다섯 번씩 아잔이 흘러나온다. 아잔은 이슬람교에서 '알라는 위대하시다. 어서 예배하러 오라 어서 오라'고 말하며 신도들에게 예배 시간을 알리는 소리이다. 그런데 어디에서도 볼 수 없던 이색적인 광경이 눈앞에 펼쳐지고 있었다. 아잔이 크게 울리는데 중국 사람들이 절에서 향을 피우고 있었다. 교회에서 기도를 하고 나오는데 바로 앞에 힌두 사원이 보였다. 이렇듯 불교, 이슬람교, 기독교, 힌두교가 평화롭게 공존하고 있었다.

그리고 세계 음식 축제에서나 볼 수 있는 광경이 페낭에선 일상이었다. 말레이시아 전통 요리 락사 옆에서 중국 칼국수 판미를 팔고 있었고 그 옆에선 인도인이 짜파티를 굽고 있었다.

각 문화가 있는 그대로 보존된 만큼, 음식의 맛과 분위기도 그 나라에서 먹는 듯했다. 사리를 입고 손으로 밥을 먹는 인도인 사이에서 탄투리 치킨과 바로 구운 난을 먹을 때는 마치 인도 델리로 여행을 떠난 기분이었다. 뿐만 아니라 이 작은 섬의 여행자 거리에는 스페인, 멕시코, 이탈리아 등 다양한 국가 음식점이 있었다. 음식 종류만 다양할 뿐 아니라 같은 음식의 재료 또한 여러 가지였다. 햄버거의 패티는 보통 쇠고기, 닭고기, 새우 등이 재료인데 사슴, 토끼, 심지어 타조 고기까지 사용했다. 페낭은 나를 마치 얼마 전에 여행을 시작한 여행자처럼 주변을 열심히 구경하게 만들었다. 히잡을 두르고 버스 운전을 하는 여자, 빈디(힌두 여인들이 이마 중앙에 붙이는 빨간 점)를 붙이고 쇼핑하는 여자, 리틀 인디아에서 여유롭게 짜이를 마시고 있는 인도인들, 라이브 밴드 노래에 흥이 나 맥주를 마시며 춤추는 여행객들, 아침 일찍 일어나 모스크에서 기도하는 사람들 그리고 영국 식민지 시절을 느낄 수 있는 조지 타운, 각 집마다 불상을 모시는 중국 이민자들이 사는 수상 가옥, 멀리 보이는 빽빽한 고층 건물 등.

서로 다른 문화, 인종, 종교가 있는 그대로 공존하는 말레이시아 페낭은 딱 3개 단어로 모든 것이 표현되었다.

'공존, 존중 그리고 조화.'

'다름'이 그 자체로 아름다운 조화를 이루어, 페낭은 이색적이고, 풍성한 자기만의 색깔을 갖췄다.

다양한 문화, 즉 다문화 사회를 대하는 방법은 크게 두 가지 이론으로 설명된다고 한다. '용광로 이론'은 펄펄 끓는 용광로에 철, 구리 등 다른 물질을 넣으면 새로운 물질이 탄생되듯 다양한 문화를 하나로 녹이자는 관점이다. 예를 들어 중국은 약 56개의 민족으로 구성되어 있지만, 국민 대다수인 한족을 중심으로 소수 민족을 전체에 융화시키고 있다. 반면 '샐러드 볼 이론'은 각각의 고유의 맛이 섞여 새로운 맛을 내는 샐러드 볼처럼, 각자의 문화를 존중하고 그것이 공존하는 조화로운 사회를 만들자는 것이다.

우리나라에 거주하는 외국인은 2016년을 기준으로 약 200만 명이 넘었다. 즉 25명 중 1명은 외국인일 정도로 이제 한국은 다민족 사회가 되었다. 말레이시아 페낭을 보며, 한국에 지내는 다른 국적, 문화를 가진 외국인들에게 한국은 어떤 나라일지 궁금해졌다. 과연 그들도 내가 페낭에서 느꼈던 다른 문화가 '공존', '존중', '조화'되어 더불어 산다는 느낌을 한국에서 받을까?

사소한
한복 엽서의 의미

사람마다 살면서 우선시하는 것이 다르듯, 여행할 때도 우선순위가 다를 수밖에 없다. 그러다 보니 같은 곳을 여행하더라도 자신이 중요하게 여기는 것에 먼저 발길이 가게 되고, 그 기억은 그 나라를 생각할 때 가장 먼저 떠오르는 추억이 된다.

가령 인도 여행이 어땠는지 묻는 질문에 대한 대답에서 사람들의 우선순위를 알 수 있다.

"타지마할 가 봤는데 정말 멋있었어."

"인생 음식으로 라씨를 꼽을 수 있지!"

"인도에서 만난 친구가 있는데 말이지."

첫 번째는 관광, 두 번째는 음식, 그리고 마지막은 사람이 우선일 테다. 난 늘 사람 중심이었다. 나와 전혀 다른 환경, 문화, 모습의 사람들은 내게 호기심을 불러일으켰다. 자연스럽게 내 발길은 현지인들이 많이 가는 곳으로 갔고, 많은 현지인과 만나고 관계를 맺게 되었다. 신기하게도 '여행'은 짧은 기간 내에 사람 사이를 끈끈하게 만들어 준다. 그래서 헤어질 때면, 한국에서 미리 챙겨간 책갈피, 젓가락을 선물로 주며 조금이나마 그 아쉬움을 달랬다.

세계 여행을 떠나면서 길 위에서 만난 사람들에게 의미 있는 선물을 주고 싶다는 생각을 했다. 하지만 안 그래도 짐이 산더미라, 선물을 이것저것 챙길 수도 없었다. 여행을 좋아하는 사람들을 보면, 사진을 잘 찍는 사람은 만나는 사람들에게 스냅

샷을 찍어서 주기도 하고, 글씨를 잘 쓰는 사람은 캘리그래피를 써서 주기도 하고, 요리를 잘하는 사람은 한식을 만들어 주기도 한다. 각자 자기의 재능을 이용해 사람들에게 특별한 선물을 선사하는 것이다. 그런데 난 이렇다 할 재능도 없고, 배울 시간도 없었다. 그럼 나는 도대체 무엇을 줄 수 있을까?

"정말 예쁜데? 말도 안 돼. 이게 뭐야? 고마워. 감동이야."

내 선물을 받은 대부분의 사람들의 반응이다. 값으로 따지면 100원 정도밖에 안 되는 선물인데도 다들 기뻐한다.

한국 사람들 대부분이 외국에 나가면 특히 두각을 나타내는 것이 있는데 바로 '애국심'이다. 나도 외국인을 만날 때면 잠재되어 있던 애국심이 폭발해 자랑스럽듯이 한국에 대해 얘기한다. 내가 다른 문화를 배우는 것도 좋지만, 누가 나로 인해 우리나라에 관심을 가지면 뿌듯하다. 한 사람과의 만남이 그 나라의 이미지가 될 수 있다는 것을 잘 알기에, 외국인 친구를 만나면 "한국에 꼭 놀러 와야 해!"라며 한국의 좋은 점을 얘기해 주곤 했다.

난 어렸을 때부터 편지 쓰는 것을 좋아했다. 요즘은 카카오톡이나 페이스북 등 통신 수단이 다양해지면서 편지 쓸 일이 드물어졌지만 난 친구 생일마다 편지에 진심을 가득 써서 주곤 했다. 또 가끔 생각날 때면 편지를 쓰기도 했다. 표현이 서툴고 오글거리는 것을 못 견디는 내게 편지는 마음을 전하기 좋은 최고의 도구였다.

그래서 생각해 낸 게 직접 한복을 곱게 차려 입은 사진을
배경으로 한 엽서였다. 만약 세계를 여행하는 인도 친구가 인도
전통 옷인 사리를 곱게 차려입고 뒤에 편지를 빼곡이 써서
준다면 새롭고 특별하게 느껴질 것 같았다. 그렇게 난생처음 한복
카페에서 한복을 곱게 차려입고 이미지 사진을 찍어서 엽서
500장을 만들었다. 엽서에는 메일과 페이스북 주소를 적었다.
그 엽서를 보며 내가 앞으로 만나 이것을 전달해 줄 인연들이
궁금해지고 설레었다. 한편 그저 한 장의 엽서일 뿐인데
상대방이 과연 좋아할지 걱정이 되기도 했다.

감사하게도 여행 중에 내 선물을 받은 사람들은 공통으로
세 단계의 반응을 보였다. 첫 번째는 감탄, 두 번째는 충격, 세
번째는 감동이었다.

"어머, 이 옷이 한국 전통 옷이라고? 예쁘다!"

"이 여자는 누구야? 이 사람이 너라고? 말도 안 돼. 정말 예쁜데."

"와! 편지도 있네. 잊지 못할 선물이야. 고마워."

그들이 기뻐하는 표정을 보는 것만으로도 기분이 좋았다. 헤어진
후에 그들이 전해 오는 말은 오히려 엽서를 받은 친구들보다
내게 몇 배의 감동을 안겨 주었다.

'한복 사진이 예뻐서 내 방에 걸어 놓았어.'

'나도 여행하면 너처럼 전통 옷을 입고 찍은 엽서를 주고 싶다는
꿈이 생겼어.'

'집 주소 얘기해 줘. 네가 한국 도착하면 꼭 편지 쓸게.'

꿈을 이루며 내일을 희망하라

'네 사진 페이스북에 올렸다!'

'네가 준 편지가 좋아서 열 번도 넘게 읽었어. 나도 친구에게 편지를 써 주려고.'

그저 한 장의 종이일 수 있는 엽서가 누구에게는 새로운 꿈을 심어 주고 다른 문화에 대한 관심을 불러일으키는 계기가 될 수 있다는 것이 놀라웠다. 앞으로 해외에 나갈 때마다 챙겨야 하는 필수 아이템으로 늘 한복 엽서가 함께할 것 같다. 사소한 것이 많은 사람들에게 큰 기쁨을 전하는 장면을 직접 봤기 때문이다.

사막에
히피들이 모이면

이집트 다합

힐링이 필요한 시절이 있었다. 끝나지 않을 것 같은 업무를 끝내고 주말만을 목 빠지게 기다리곤 했다. 주말이 되면 사람이 붐비는 시내를 벗어나, 자연 속에서 한껏 여유를 부리며 자연이 가져다주는 여유로움에 흠뻑 젖는 것이 낙이었다. 시도 때도 없이 연락 오는 휴대폰, 크고 작은 이슈로 가득 찬 텔레비전과 멀어져서 자연에 오롯이 집중하는 것은 내게 큰 힐링이었다. 이렇게 힐링에 대한 관심이 커졌을 때, 우연히 《천사의 걸음》이라는 책을 보게 되었다. 이 책에는 2006년에 저자가 태국에서 참여한 '레인보우게더링'이라는 모임에 대한 경험이 담겨 있었다.

레인보우게더링은 소비주의, 자본주의, 물질주의가 만연한 각박한 현실의 대안으로 사랑과 평화, 조화와 자유 등 공동체적인 삶을 제시하고자 만들어진 모임이다. 이곳에서는 국가, 인종, 종교를 넘어 매년 각 나라에서 전 세계 히피들이 모여 한 달 동안 자연과 더불어 공동체 생활을 한다. 그들은 도시 문명의 혜택을 거부하고 자연 속에서 전자 기계, 화장실, 샤워 시설 심지어 세제, 휴지도 없이 살아간다. 이 책을 보고 한 번쯤은 그 모임에 참여하고 싶다는 생각이 들었다. 그로부터 3년이라는 시간이 흘렀고 이집트 여행 중에 그토록 가고 싶었던 레인보우게더링이 마침 내가 머물고 있는 다합에서 열린다는 사실을 알게 되었다.

"무지개 표시를 따라가면 레인보우게더링이 열리는 곳이 나올 거야. 나만 따라와."

레인보우 멤버라는 이집트 친구 지프의 말을 믿고 배낭 하나
메고 떠났는데 괜히 따라왔나 싶었다. 이미 해는 지고 칠흑
같은 어둠이 짙어진 지 오래였다. 컴컴한 산 속에서 추위는
점점 심해졌다. 이미 다합에서부터 7명이 트럭 위에 몸을 싣고,
낙타를 타고, 걸어서 그곳까지 온 지 7시간이 지났다. 지칠 대로
지쳐서 모든 것을 포기하고 싶다고 생각할 무렵, 갑자기 멀리서
불빛이 보이기 시작했다. 헛것을 봤나 싶었는데 잠시 후 환호성이
들렸다.

터벅터벅 불빛을 향해 걸어가니 처음 보는 사람들이 환한
미소로 우리를 반겨 주었다. 그리고 돌아가면서 포옹을 해 주며
이 말을 하는 것을 잊지 않았다.

"Welcome home(집에 온 것을 환영해)."

따뜻한 미소로 우리를 맞이해 준 그들의 모습이 영락없이
거지꼴이었다. 언제 빨았는지 가늠할 수 없는 지저분한 옷을
입고 있었고, 몸에서 쾌쾌한 냄새가 났다. 하지만 누구 하나
서로의 겉모습을 신경 쓰지 않았다. 그저 서로를 '형제'라고
부르며 손을 잡고 껴안아 주는 것이 이들에게는 자연스러웠다.

"여기로 와. 너희는 여기에서 지내면 될 거야."

리더로 보이는 사람이 잠자리를 마련해 놨다며 이제 막 도착한
우리를 이끌었다. 다닥다닥 쌓아 올린 황토색 돌멩이에 큰 구멍
한 개, 작은 구멍 두 개가 떡하니 뚫려 있었다. 모두가 움직이지

않은 채 송장처럼 누워야만 잘 수 있는 크기였다. 그런데 이곳이
제일 좋은 자리라며 우리 보고 사용하라고 미소 짓는 그를
보며, 고맙다며 따라 웃을 수밖에 없었다. 그렇게 잠시 앉아
쉬고 있는데 갑자기 "푸드 서클."이라고 외치는 소리가 들렸다.
음식이라는 말에 본능적으로 사람들이 모여 있는 곳으로
뛰어갔다. 음식 주변에 모인 사람들은 손을 맞잡아 큰 원을
만들었다. 이내 50명이 되는 사람들이 모이자, 함께 노래를
부르기 시작했다.

Thanks for the food, thanks for the food,
it heals us heals us healing us.
Thanks for the wind, thanks for the wind,
it heals us heals us healing us.
Thanks for the people, thanks for the people,
it heals us heals us healing us.

그들은 그렇게 자연을 찬양하고 음식에 대해 감사하는 노래를
부르고 나서 음식을 나누어 주기 시작했다. 바닥에 앉아 각자
가지고 온 밥그릇 위에 먹을 만큼 음식을 받아 먹었다. 한꺼번에
많은 양의 식사를 준비하는 것이 힘들 수 있을 텐데, 모든 식사
과정은 자연스럽게 흘러갔다. 이후 살펴보니 항상 누군가의
헌신으로 모두가 함께 먹는 음식이 만들어지고, 나누어지고,

그릇이 닦여졌다. 식사를 마친 후 사람들은 악기를 가지고
자연스레 불 주위로 모여 앉았다. 곤봉, 홀라우프, 젬베, 기타,
목소리는 이내 어우러져 함께 화음을 만들었다. 그렇게 밤하늘
가득한 별 아래에서 하루를 마감했다.

레인보우게더링에서의 생활은 여유롭고 평화로웠다. 그 흔한
텔레비전, 카메라, 휴대폰을 그곳에서는 볼 수 없었다. 오직
채식만 가능하며 술과 고기도 모두 금지였다. 그 외에는 정해진
것도, 강요하거나 시키는 것도 없었다. 그저 자연의 흐름에
맞춰 느슨하게 하루를 채워 갔다. 때론 혼자 묵언수행을 하고,
요가하고, 곤봉을 돌리고 함께 모여 앉아 대화를 나누고, 자연의
찬가를 부르고, 장작을 구하러 나서기도 했다.

그곳에서는 원래 무슨 일을 하는지, 어디 나라에서 왔는지
중요하지 않았다. 가진 것은 없지만 물질을 넘어 자신이 가진
재능까지도 나누려는 사람들이 모였을 뿐이다. 모두가 형제이고,
가족이었다. 그들은 사람이 자연과 더불어 살아야 함을 믿으며,
서로 도와주고 안아 주며 함께 걸어가는 것에 행복을 느꼈다.

신기하게도 독일, 콜롬비아, 스위스 세계 각지에서
레인보우게더링에 참여하기 위해 이집트에 온 사람이
대부분이었다. 약 200명의 사람들이 더 모일 것이라 예상하며,
유럽에서 모임이 열릴 때는 500명 넘게 모인다고 한다.

처음엔 레인보우게더링에 참여하러 가면서 과연 그들이 말하는
생활이 가능할지 의심이 들었다. 그런데 신기하게도 문명과

멀어졌기에 더욱 풍요로웠고, 최소한의 것으로 살아가기에 더
풍족했다. 옆에 있는 사람에게 더욱 집중하게 되었고, 자연 속에
흠뻑 빠질 수 있었다.

그곳을 떠나는 날 나도 모르게 읊조렸다.

'아, 현실로 돌아가고 싶지 않아.'

비록 생활하기에는 불편했지만, 살아있는 모든 존재를 몸과
마음으로 소중히 여기는 그들 덕분에 어느 때보다도 풍요롭고
풍족했다.

꿈을 이루며 내일을 희망하라

세계 여행과
가족 여행

이탈리아 로마

'가족들이랑 마지막으로 여행 간 적이 언제지?'

아무리 생각을 해 보려 해도 기억이 희미했다. 도대체 얼마나
오래되었으면 그럴까. 초등학생 때는 가족과 함께 주말에 시간을
함께 보내는 것이 당연했다. 가족과 함께하는 시간과 경험을
중요하게 여기셨던 부모님은, 주말이면 놀이공원이나 갯벌을
비롯해 전국 방방곡곡으로 오빠와 나를 데리고 다니셨다.
내게 가족은 가장 친한 친구였다. 하지만 사춘기를 겪으면서
자연스럽게 가족과 함께 시간은 점점 줄어들었다.
어느 순간부터 부모님이 하는 말씀은 다 잔소리처럼 느껴지고,
부모님과는 말이 안 통한다고 생각했다. 가족보다 친구들이
중요해졌다. 그렇게 사춘기가 지나가고 20대가 되고 나니, 눈
깜짝할 사이에 온 가족이 함께 여행한 지 10년이 넘었다. 우리
가족 모두 여행을 무척 좋아하지만 모두가 함께한 여행은
그사이에 없었다.

≈

"여기 오신다고요? 빨리 오세요!"

애정 표현을 잘 못하는 딸이지만, 가슴이 벅차올라 메시지를
보냈다. 세계 여행을 떠난 지 1년 됐을 즈음, 한국이 아닌
이탈리아 로마에서 가족을 만났다.
여행 기간이 길어지니 연락할 때마다 빨리 한국에 돌아오라고

하셨던 부모님이었다. 그런 부모님이 여행한 지 1년이 되는 날을
혼자 보내게 할 수 없다며 내가 있는 유럽에 오신다는 것이었다.
다양한 삶을 직접 경험하고 싶어서 여행을 떠났지만, 여행하면서
가족의 소중함을 자주 느꼈다. 내가 젊음 하나 믿고 세계를 누빌
수 있는 것은 다 가족이라는 울타리가 있어서 가능했다는 것을
여행 중에 알았다.

사실 여행을 떠나기 전에는 보수적인 부모님을 원망하기도
했었다.

'부모님 때문에 난 남들 다 하는 휴학도 못 하고, 내 돈도
마음대로 못 썼어. 도대체 난 부모님의 삶을 사는 거야, 내 삶을
사는 거야?'

하지만 돌이켜 보니 부모님 덕분에 난 일찍 취업할 수 있었고,
저축 습관을 길러 주셨기에 또래보다 많은 돈을 모을 수 있었다.
무엇보다 날 믿어 주시는 건강한 부모님이 계셨기에 맘 편히
여행을 다닐 수 있었다.

≈

그래서 이번 여행, 10년 만에 가족과 함께하는 여행을 잘
준비하고 싶었다. 1년 만에 만난 부모님께 성숙한 모습을 보여
드리고 싶었고, 날 여행 보내 주신 것이 헛된 결정이 아니었음을
느끼게 해 드리고 싶었다. 그리고 패키지여행에만 익숙한

부모님이 자유 여행의 재미를 느끼실 수 있게 하고, 우리
가족에게 평생 남을 추억을 만들어 주고 싶었다.
그렇게 욕심이 커지다 보니 결국 준비를 완벽하게 하지 못했다.
그때 아빠께 연락이 왔다.
"예솔아, 그동안 여행하느라 고생했으니까 가족이랑 있을
때만큼은 편하게 여행해."
그다음부터는 스마트 폰도 없고 컴맹인 아빠가 유럽 가족
여행을 준비하셨다. 렌터카에 한국어 서비스 내비게이션,
첫날 잘 숙소까지 다 예약하신 것이다. 지난 1년 동안 혼자 잘
돌아다녔는데, 가족과 함께하는 여행에서는 난 그저 부모님께
의지하는 막내딸이 되었다.
유럽에서 가족을 만난다는 게 믿어지지 않고 행복했지만,
걱정이 많이 되기도 했다. 지금껏 자유 여행을 해 보지 않으신
부모님이 3주간의 여행을 잘 다니실 수 있을지, 각자 개성이 너무
강해 부딪치지 않을지…… 하지만 여행으로 우리 가족이 더욱
가까워지는 계기가 될 것이라 믿었다.
그리고 이번 여행에서는 가족을 지금까지와 다른 시선으로
바라볼 수 있을 거라 기대했다. 또한 가족의 틀에서 벗어나
그들을 나의 아빠, 엄마, 오빠가 아닌 한 사람, 한 사람으로 보고
싶었다.

☼

이 세상에 태어나 우리가 경험하는 가장 멋진 일은
가족의 사랑을 배우는 것이다.

- 조지 맥도날드

22일간의 가족 여행에서
배운 것

이탈리아 로마, 오스트리아 빈, 스위스 알프스

"엄마! 아빠가 원래 이러셨어요?"

"아빠! 엄마가 원래 이러셨어요?"

가족과 여행하면서 가장 많이 한 말일 것이다. 평생을 함께
살았는데도 어쩜 서로 이렇게 몰랐나 싶었다. 가부장적이라고만
생각했던 아빠는 긍정의 화신에 재롱둥이 기질이 있으셨다.
렌터카를 빌려 여행하는 것도, 유럽을 여행하는 것도 처음인
우리 아빠. 그런데 운전대는 김 기사만 잡을 수 있다며 절대
내 주지 않으셨다. 그렇게 하루 최대 12시간 그리고 보름 동안
혼자서 3천 킬로미터를 운전하신 아빠는 지치고 피곤하실
텐데도 매번 운전을 시작할 때마다 이렇게 말씀하셨다.

"김 기사, 오늘도 안전하게 여러분을 모시겠습니다!"

나는 매번 조수석에서 말동무해 드리다가 잠이 들었다. 흠칫
놀라서 깨서는 힘들지 않으시냐고 물으면 "가족이 행복하다면
전 즐겁습니다."라고 하시며 오히려 미안해하는 나를 웃겨
주셨다. 오랜 시간 이동하며 모두 피곤할 무렵에는 중계방송도
잊지 않고 해 주셨다.

"여러분, 드디어 300킬로미터에서 200킬로미터대로
진입했습니다. 드디어 스위스를 떠나 이탈리아로 들어왔습니다.
박수!"

난 왜 아빠를 무뚝뚝하다고만 생각했을까? 20년째 아빠는 아침
6시면 벌떡 일어나 출근하신다. 아침 식사를 같이 못 하는 건
물론이고 자식에게 다녀오시라는 말을 듣지도 못한 채, 아빠는

가족을 위해 회사로 떠나셨다. 해가 지고 나서야 집에 들어오는
아빠는 늘 피곤하고 지쳐 있으셨다. 그렇게 어깨가 축 늘어진 채
별 말씀 없이 저녁을 잡수시고 텔레비전을 보시고는 주무셨다.
그런 모습을 보면서 난 아빠를 무뚝뚝하다고 생각했던 것이다.
그런데 내 모습 또한 아빠 모습과 닮아 있었다. 밖에서는
활발해도 집에서의 나는 조용했다. 내게 집은 에너지를
충전하는 보금자리 같은 곳이었다. 그래서 퇴근해서 집에 오면
나랑 대화를 나누고 싶어 하는 엄마를 뒤로한 채 방 안에서
조용히 쉬기만 했다. 직장 생활 몇 년밖에 안 한 나도 그런데,
반평생 일을 한 아빤 오죽했을까?
나는 아빠도 원래 활력이 넘치는 사람이라는 것을 잘 몰랐다.
집 밖에서 아빠와 시간을 보내는 것은 정말 드문 일이었기
때문이다.
원래 아빠가 부지런한 건 알고 있었지만 여행을 하면서 아빠의
가정적인 모습을 발견하게 되었다. 매일 혼자서 많은 걸 하셔도,
아침 6시면 벌떡 일어나 아침을 준비하고 우릴 깨우셨다.
"일어나세요. 김 셰프, 오늘 아침으로 김치찌개 준비했습니다."
그렇게 아빠는 우리의 김 기사, 김 셰프가 돼 주셨다. 아빠에겐
유럽의 명소가 크게 중요하지 않은 듯했다. 가족이 함께하는
시간, 그 자체로 즐거워하셨다. 평소에 자식에게 해 주지 못했던
것들을 해 주면서 행복을 느끼시는 듯했다. 왜 난 아빠를
보수적이라 생각하고 늘 어려운 존재로만 여겼을까?

엄마와는 워낙 친해서 나는 엄마를 잘 안다고 생각했다. 그런데
내가 아는 모습이 엄마의 전부는 아니었다. 태어나서 처음으로
유럽에 간다고 신이 나신 엄마는 A4 용지 한가득 '죽기 전에 꼭
해 봐야 할 리스트'를 적어 오셨다.

"예솔아, 오스트리아에서 오페라를 꼭 봐야 하고 에스프레소도
꼭 마셔야 한대. 알프스 산맥에 올라가는 건 어렸을 때부터
꿈이었어. 꼭 가자!"

그런데 오스트리아에서 3달러를 내고 스탠딩석에서 오페라를
보시다가 삭신이 쑤신다며 중간에 나오시고, 에스프레소를
드시면서는 이제 맥심 커피는 끊을 거라고 하셨지만 저녁에
또다시 맥심 노랑이를 찾으셨다. 그리고 초등학교 때 하이디를
보면서 스위스에 오는 꿈을 꾸었다는 엄마는 아빠한테 삐친
뒤 알프스 산맥에서 별안간 사라지셔서 다 같이 '엄마 찾아
삼만리'를 찍게 만드셨다.

여행 둘째 날, 엄마의 기분이 상해 있었다. 다른 식구들은 왜
엄마 표정이 굳었는지 도저히 알 수가 없어 답답해했다. 나중에
알고 보니 사건의 원인은 나였다. 1년 만에 만난 딸이 반가워서
아빠는 심하게 나를 챙겨 주셨다. 그것이 엄마에게는 서운했던
모양이었다.

"사실 서운해. 예솔이 10번 부를 때 난 1번 부르잖아. 유럽에서 난
정말 찬밥 신세야."

태어나서부터 줄곧 엄마는 내게 엄마여서 몰랐다. 엄마도

엄마이기 전에 여자이고, 천상 소녀라는 사실을 말이다.

생각해 보면 가족이라는 이유로 서로 알려고 하지도, 같이 시간을 보내려고 노력하지도 않았던 것 같다. 가족이라서 당연히 제일 잘 안다고 생각했는데 오히려 가족이라서 서로 모르는 것이 더 많았다. 하지만 3주 동안 서로에 대해서 자연스레 알아갈 수 있었다.

'무계획이 계획'이라는 모토로 6천 킬로미터를 달리며 9개 나라를 여행하고, 12인실 호스텔부터 에어비앤비, 게스트하우스, 호텔까지 12개의 숙소에서 함께 시간을 보냈다. 그리고 렌트카로 여행한 것은 신의 한 수였다. 네 식구가 자연스럽게 더 많은 대화를 나눌 수 있었기 때문이다. '집'이라는 공간에서 벗어나 함께 여행한 우리 가족은 지금껏 알고 있던 모습과는 달랐다.

'가족만큼 소중한 것이 없다.'

여행을 하며 정말 많은 것을 깨닫고 보았다. 하지만 가족은 뒷전이고 내 자신과 친구가 우선이었던 철부지 막내딸에게 이번 여행이 준 가장 값진 깨달음은 바로 이것이었다.

꿈을 이루며 내일을 희망하라

그리운 친구들과의
우정 여행

인도네시아 발리

'진짜 친구란 무엇일까?'

사회생활을 시작하며 자연스럽게 사람과의 관계를 3가지로
구분하기 시작했다. 진짜 친구, 친구 그리고 지인.

내게 진짜 친구란, 그 앞에서 내가 온전히 나일 수 있는 사람이다.
무슨 얘기를 해도 판단하지 않고 날 있는 그대로 받아들여 주는
사람, 설명하지 않아도 누구보다 날 잘 아는 사람, 슬플 때 함께
슬퍼해 주고 좋은 일이 있으면 함께 기뻐해 줄 수 있는 사람
그리고 오랜만에 만나도 어제 만난 것처럼 반가운 사람이다.
특별한 건 없다. 어린 시절에는 친구라면 다 이렇지 않느냐며
단순하게 생각했던 것들이다.

그런데 세월이 흘러가며 진짜 친구 되기가 쉽지 않음을 느낀다.
상황에 맞춰 내 자신을 바꾸고 맞추어야 하고, 이해관계가 얽힌
사람들 속에서 마음과 엇나가는 말을 해야 하고, 상대방이 하는
얘기가 진심인지 아닌지 판단해야 하고, 내 감정을 있는 그대로
표현하는 것이 어른답지 못하다고 생각될까 봐 나를 철저히
숨겨야 될 때가 많다. 그럴수록 내가 나일 수 있게 해 주는 진짜
친구들의 소중함이 빛을 발하기 시작한다.

하지만 난 내 친구들에게 좋은 사람이 아니었다. 그들의 존재는
내게 늘 공기 같았기 때문이었다. 너무나 당연해서 존재의
가치를 인식하지 못하지만 살아가는 데 있어서 반드시 필요하며
없어서 안 되는 그런 존재.

내게는 진짜 친구라고 자신 있게 말할 수 있는 5명의 친구가

있다. 바로 '완벽미인', 우리 그룹의 명칭이다. 중학교에서 중2병에
걸려 있던 시절, "우리가 가장 완벽해!"라고 외치며 결성되었다.
철도 없고 마냥 순수했던 중학교 시절부터 함께한 우리는
어느덧 20대 후반이 되었다. 어른이 되어도 우리 만남은 크게
다를 건 없었다. 종종 서로 집에 놀러 가서 수다를 떨고, 생일을
챙겨 주고, 단골집에서 막걸리와 오돌뼈를 먹기도 했다. 나는
친구들과의 이런 만남을 특별하게 여기지 않았다. 오히려 내게
그들은 뒷전이 되기 일쑤였다.

나는 하나라도 더 배울 수 있는 만남, 생산적인 시간을
우선시했다. 그리고 새로운 환경에 놓일 때면 한동안 연락도
잘 하지도 않았다. 특히 세계 여행을 가니 더욱 심해져 마치
행방불명된 사람 마냥 연락을 하지 않았다. 처음에는 새로운
국가와 사람에 적응하느라, 나중에는 여행에 푹 빠져 연락하지
않았다. 길 위에 잠시 만난 인연에게도 좋은 사람이고 싶어
노력했건만, 정작 가장 친하다고 하는 이들에게는 별다른 노력을
기울이지 않았다. 어떤 상황에서든 언제나 내 옆에 있어 줄
친구인 걸 아니깐.

그렇게 여행한 지 4개월이 넘어갈 때쯤, 친구들에게서 연락이
왔다. 어떻게 연락 한 번 없냐고 패썸하다며 핀잔을 줄 줄
알았는데, 예상하지 못한 통보를 했다.

"우리 이번 주말에 너희 집에 간다."

"뭐?"

"이미 부모님께 다 말씀드렸어."

그렇게 친구들 심지어 친구들 엄마까지 합세하여 우리 집으로 출동했다. 연락 없는 내게 서운한 것보다, 연락 없는 딸을 둔 우리 부모님에 대한 걱정이 앞선 것이다. 친구들은 잊지 않고 부모님께 안부를 전하는 것도 모자라, 딸 노릇을 하겠다고 우리 집에서 부모님과 이틀을 함께 보냈다.

"예솔아, 너 떠난 후 처음으로 집이 북적이고 활기차다."

좋아하시는 엄마의 얘기를 듣고 친구들이 너무도 고마웠다. 내가 아무리 무심하게 굴어도 "야, 김예솔 원래 이래."라며 이해해 주는 친구들이었다. 언제든 돌아가도 그 자리에서 늘 똑같이 나를 반겨 줄 친구들이 있는 것이 얼마나 감사했는지 모른다. 친구들이 없었다면 내가 마음 편하게 세계 여행을 할 수 있었을까 하고 생각하자 친구들이 보고 싶어졌다.

연애할 때도 어느 순간 설렘이 사라지고 상대방이 나를 당연하게 여기는 것 같으면 싫어진다. 그런데 난 14년 동안 이들을 당연하게 여겼다. 그리고 익숙한 만큼 고마움도 몰랐다. 그런 내 자신이 괘씸하고 너무 미안했다. 그래서 친구들에게 말했다.

"애들아, 나 여행하는 동안 다 같이 여행 가자! 어디든 갈게. 정하기만 해."

사실 이렇게 말했지만 특별한 기대를 한 것은 아니었다. 5명이 여행 일정을 맞춘다는 것이 쉽지는 않아서였다. 여태껏 우리는 우리가 살아온 안산에서만 주구장창 모였고, 14년 동안 다

같이 다른 지역에 간 것도 손꼽을 정도였다. 개중에는 아직
해외여행을 두려워하는 친구도, 한 번도 안 가 본 친구도 있었다.
그래서일까? 친구들과 함께 여행하는 사람들을 보면 유독
부러웠다.
'나도 친구들이랑 여행하고 싶다.'

2016년 새해, 나의 소망이 이루어졌다. 1월 1일, 세계 여행의
마지막 장소인 발리에서 우리 5명 모두 만난 것이다. 다 같이
여행하자는 말에 친구들이 그동안 꼭꼭 숨겨 왔던 단결심과
결단력을 발휘하더니 결국 일을 저지른 것이다. 사실 세계
여행을 마무리하면서 여행을 시작했던 동남아로 돌아갈 생각은
없었다. 그리고 12월 전에 한국에 돌아가려고 했다. 나 혼자 생일,
크리스마스, 연말을 보내기 싫었기 때문이다.
하지만 내 세계 여행의 끝을 소중한 이들과 함께 마무리한다는
것은 생각만 해도 설레었다. 결국 친구들을 만나기 위해 일정을
다 바꾸었고, 여행의 끝자락을 친구들과 함께할 수 있었다.
우리는 평소 해 보지 못한 특별한 경험을 함께했다. 5명이 마음껏
헤엄칠 수 있는 수영장이 있는 숙소를 빌려 발가벗고 놀기도
하고, 예쁘게 옷을 차려입고 땀을 뻘뻘 흘려 가며 이미지 사진을
찍기도 했다. 파도를 타며 서핑을 배우기도 하고 맛있는 음식을

실컷 먹기도 했다. 오랫동안 여행했지만, 혼자라면 엄두도 못 낼 호화로운 여행을 했다.

그리고 여행의 마지막 날 친구들에게 물어봤다.

"너희에게 난 어떤 존재야?"

놀랍게도 친구들은 하나같이 똑같은 대답을 했다.

"우린 가족이지."

그러면서 친구들이 오랜만에 한국에 돌아가면 가장 하고 싶은 게 뭐냐고 내게 물었다.

"나, 너희랑 수다 떨면서 우리 단골집에서 오돌뼈랑 막걸리 먹고 싶어. 그게 너무 그리웠어."

집에 놀러 가서 수다 떨기, 같이 단골집 가기, 서로 생일을 챙기는 것이 더는 당연하지 않을 것이다. 이 모든 것들이 얼마나 특별한지 알기 때문이다. 그리고 나는 친구들에게 가족이나 공기 같은 존재가 되어줄 것이다. 언제나 어디서나 늘 날 품어주고, 공기처럼 친구들이 곁에 있어 주었기에 지금의 내가 있으니깐.

☼

가족이 하늘이 맺어준 인연이라면
친구는 내가 선택한 가족이다.

- 헨리 데이빗 소로우

에필로그

예전에는 지도를 펼쳐 보면서 조그맣게 보이는 우리나라를
먼저 찾았다. 그리고 세계 곳곳에 있는 수많은 나라를 보면서
막연하게 생각했다. 언젠가는 세상을 누비고 싶다고. 그런데
이제는 지도를 펼치면, 곳곳에 나만의 빛나는 세상이 번쩍인다.
38개국, 나의 38가지 모습, 그리고 짙은 추억과 인연이 떠오르며
입가에 미소가 번진다.
쿠바에서는 인터넷도 전화도 없는 아날로그 삶으로 돌아갔고
갈라파고스에서는 물개 옆에서 쌔근쌔근 낮잠을 잤다.
콜롬비아에서는 길거리에 만난 사람들과 신나게 살사를 추었다.
동시간대에 전혀 다른 가치관을 갖고 다르게 사는 사람들의
삶 속으로 들어간 것은 생각보다 더욱 재미난 일이었다. 매번
새로운 나라로 이동할 때마다 늘 두 손을 부여잡고 '무사하게만

해 주세요.'라고 기도했지만, 여행의 길목마다 마침 '널 기다리고
있었어.'라고 각각의 교훈을 주는 향기 가득한 인연들이
이어졌다.

세계 여행을 갔다 와서 무엇을 얻었냐는 질문을 많이 받곤 했다.
그리고 나 또한 자신에게 수없이 질문도 했다. 그 답은 이렇다.

첫 번째, 감사하는 마음이다. 그동안 모든 것을 당연하게 여기며
살았다. 하지만 여행하며 어느 것도 당연한 건 없다는 걸 알았고
소소하고 익숙했던 모든 것들에 대한 감사한 마음을 가지기
시작했다. 하루에 3천 원, 최대 20명까지 지내는 게스트하우스
지내다 보니 포근한 베개와 침대가 있는 나만의 공간이 있다는
것이 감사했고, 한순간에 집과 나라를 잃고 떠돌아다닐
수밖에 없게 된 사람들을 보며 대한민국에서 태어났다는 것이
감사했다. 아프지 않고 여행을 다닐 수 있는 체력을 가졌다는
것이 감사했고, 돈을 모을 수 있게 해 준 직장에 감사했다. 한국에
돌아가도 마치 어제 본 것처럼 익숙한 친구들이 있다는 것이
감사했고, 이 모든 것이 가능할 수 있도록 내게 울타리 역할을 해
주신 부모님이 계셔서 감사했다.

욕심 많은 나는 항상 갖지 못한 것에 대한 아쉬움과 다른 사람
에 대한 부러움을 품고 있었다. 하지만 감사하니 행복해지기
시작했다. 그리고 내가 행복해지니 주변 사람들이 더욱
행복해지는 듯했다.

두 번째, 자신감이다. 맨 처음 세계 여행을 떠날 때만 해도

유서를 쓸 만큼 두려웠다. 특히 무언가를 선택하는 게 너무나 어려웠던 '어른 아이'였다. 하지만 여행 중 하루에도 수십 번씩 스스로의 선택을 통해 내가 원하는 나날을 만들어 가며, '가슴이 이끄는 삶'을 사는 즐거움을 알았다. 그럼에도 불구하고 예상치 못한 안 좋은 순간이 찾아올 때는 처음에 너무 힘들었다. 내가 결정해서 떠난 여행이기에 어디에 하소연할 수도 없었다. 그때는 넓은 세상에 철저히 혼자 던져진 기분이 들어 헤어 나오기가 힘들었다. 하지만 산전 수전 공중전을 다 겪으면서 어떤 상황에서도 빨리 빠져나올 수 있는 자신감이 생겼다. 해가 뜨고 무지개가 뜰 때도 있지만, 가끔씩 비바람도 치기 마련이니깐.

마지막으로 '나'를 얻었다. 여행 전 나는 학점, 스펙, 직장 등 이미 정해진 목적지까지 바쁘게 가야 했다. 사회의 틀과 부모님의 말씀이라는 내비게이션이 정한 경로를 따라가야 했다. 그러면서 남들의 시선을 의식하느라 자신을 눌러 왔다. 그래서 여행을 하며 내 마음의 소리에 귀 기울이려 노력했다. 내가 나에게 가장 친절한 사람이자, 친한 친구가 되려고 하였다. 그렇게 가슴이 이끄는 하루하루를 만들어 가며, 내가 언제 가장 행복한지, 무엇을 할 때 가장 빛나는지, 어떤 사람과 함께할 때 가장 즐거운지 알게 되었다. 돌이켜보면 내 인생인데 내 마음대로 살아갈 용기가 없었다. 하지만 나를 알게 되니 이제 모범적인 교본에 맞춰서가 아닌, 남들 따라서가 아닌, 나로서 살아갈 용기가 생겼다. 그리고 마음을 두근거리게 하는 모든 것들로 인생을 채울 생각으로 설렌다. 세상은 다양한 모습이 공존하기에 그 자체로 빛이 나고, 난 누구와도 닮지 않은 사람이기에 그 자체로 아름답다는 걸 알았기 때문이다.

이젠 잘 알고 있다. 인생에는 정답이 없다는 것을. 세상에 나가 보니 틀린 삶이라 여겼던 삶도 자신만의 정답을 만들어 가고 있었다. 세상에 76억의 사람이 있다는 것은 76억의 다른 삶과 색깔 그리고 정답이 존재한다는 것과 같다. 인생은 우리 모두가 처음 산다. 아무리 불안하고 서툴러도 내가 인생의 주인공으로 사는 삶, 그것이 정답 아닐까?

괜찮아, 청춘이잖아

에필로그

괜찮아, 청춘이잖아

1판 1쇄 발행   2017년 4월 13일
     2쇄 발행   2017년 5월 22일

지은이 | 김예솔

펴낸이 | 이상영
책임편집 | 눈씨
마케팅 | 푸른나래
디자인 | 천병민

인쇄 | (주)재원프린팅

펴낸곳 | 별글
블로그 | http://blog.naver.com/starrybook
등록 | 128-94-22091(2014년 1월 9일)
주소 | 경기도 고양시 덕양구 오금로 7 305동 1404호(신원동)
전화 | 070-7655-5949   팩스 | 070-7614-3657

ISBN 979-11-86877-37-1 (14800)
     979-11-86877-13-5(세트)

이 도서의 국립중앙도서관 출판예정도서목록(CIP)은 서지정보유통지원시스템 홈페이지
(http://seoji.nl.go.kr)와 국가자료 공동목록시스템(http://www.nl.go.kr/kolisnet)에서
이용하실 수 있습니다. (CIP제어번호: CIP2017006583)

별글은 독자 여러분의 책에 대한 아이디어와 원고 투고를 기다리고 있습니다.
책 출간을 원하시는 분은 이메일 starrybook@naver.com으로 간단한 개요와 취지,
연락처 등을 보내주세요.